VIP
情動

高岡ミズミ

JN266621

講談社X文庫

目次

イラストレーション／佐々《さっさ》成美《なるみ》

VIP《ブイアイピー》 情動《じょうどう》

1

朝焼けに色づく空を眺めながら、身体《からだ》を運転席へと突っ込む。凝《こ》った首を左右に傾けた後キーを回した和孝《かずたか》の耳に、イグニッションノイズとは別の音が聞こえてきた。

『魔王』のメロディだ。

和孝はひとつ息をつき、上着のポケットから携帯電話を取り出した。

「おはよう。いま駐車場」

先回りをして自分の居場所を告げる。会員制クラブ『BM《ビーエム》』のマネージャーという立場から解放された直後に電話を受けるのも、すでに日常と化していた。前回、久遠《くどう》と会ったのは五日前、和孝が自宅から冴島《さえじま》の診療所に当座の住処《すみか》を移したときだ。

以降、電話はほぼ毎日かけ合っている。居候《いそうろう》の身である和孝を、久遠なりに気にかけてくれているのだろう。木島《きじま》組の組長のみならず、不動清和会《ふどうせいわかい》の幹部でもある久遠の多忙さは理解しているつもりだった。

『マンションに寄れそうか』

予期せぬ言葉を聞いて、和孝は眉《まゆ》をひそめた。

「……それ、本気で言ってる？」

和孝の現状を誰より知っているのは久遠だ。マンションに寄れるか寄れないか、久遠が一番よくわかっているはずだった。

エンジンを切り、携帯の向こうに全神経を向ける。和孝の生活サイクルに関して、膝《ひざ》をつき合わせて一から語りたい気分になった。

「久遠さんさ、俺がいまどんな状況かわかってる？」

いまだかつて経験したことのない暮らしを送っている。食事の時間はもとより、メニューや分量に至るまで管理された生活だ。家事もきっちり分担され、睡眠時間は一日六時間と決められている。

「姑《しゅうとめ》にいびられている嫁の気持ちがよーくわかるよ」

冴島には言えないぶん、久遠に不満を漏らす。他人の干渉がなにより苦手だというのに、いまはどうだ。箸《はし》の上げ下ろしまで注意されているのだ。

『嫁いびりか』

それはいい、と久遠がくくと喉《のど》を鳴らす。笑い話をしたつもりなどまったくないので、むっとして和孝は声音《こわね》を低くした。

「そういうことだから、残念だけどマンションには行けない。忙しいからもう切るよ。じゃ」

一方的に告げ、電話を切る。助手席に携帯を放《ほう》った和孝は、再度エンジンをかけて車を発進させた。

「あの頑固ジジイめ」

帰路を走りながら、ぶつぶつと冴島に対する悪態をつく。二十五歳にもなって、まるで子どものように叱《しか》られる日がこようとは想像もしていなかった。

確かに、六十を過ぎている冴島からすれば和孝など「ひよっこ」同然だろう。和孝にしても、三回りはちがう冴島に対して本気で逆らうつもりはない。

だが、白髪頭《しらがあたま》の好々爺然《こうこうやぜん》とした面差《おもざ》しにうっかり油断しては手痛いしっぺ返しを食《く》らうはめに、いったい何度陥《おちい》ったか。

茶が薄いと言っては呆《あき》れられ、濃ければ濃いで「馬鹿者《ばかもの》」と叱責《しっせき》される。昨日など、味噌汁《みそしる》の味を犬でも吐き出すまずさだと詰《なじ》られ、愕然《がくぜん》となるあまり一言の反論もできないまま食事を終えた。そもそも和孝は、これまで一度も味噌汁を作ったこともなければ、作る状況になるなどと考えたこともなかったのだ。

「箒《ほうき》もまともに使えないのか——って、いまどき使えない奴のほうが多いだろ」

共同生活を送るうえで家事を分担する、と初日に宣言されたが、それ自体に文句はなかった。互いに仕事を持つ身だし、なにより和孝は居候だ。

昭和《しょうわ》の遺物と言えるほど古めかしく、最新機器とは無縁の冴島の診療所には、乳幼児から年寄りまでやってくる。風邪《かぜ》だろうが骨折だろうがお構いなしだ。

一方で、特殊な偏りも見られる。診療所に通ってくる患者のほとんどは水商売、裏稼業もしくはその関係者で占められている。

プールや温泉など、とかく入れ墨が敬遠される施設が多い中、背中一面に紋々の入った小指のない男をごく普通に受け入れているうちに、いつしか一般人の足が遠退《とおの》いてしまった、というのが真相らしい。

たまに近所の老人もやってくるが、彼らは総じて多少のハプニングなど物ともしない剛胆な性分だった。

いずれにしても診療所は儲《もう》かっていると言《い》い難《がた》い。普通の患者は最新医療を受けられ、かつ精神的にも安心できる病院に行くのが当たり前なので、繁盛するわけがなかった。

近くに借りた駐車場に車を停《と》め、そこから数分ほど歩く。日本の原風景さながらの雰囲気を色濃く残した界隈《かいわい》には木造家屋が建ち並び、その中にあっていっそう古めかしさを漂わせているのが、冴島診療所だ。

看板を掲げていないため、一見、普通の家屋にしか見えない。事実、人相の悪い男たちの出入りがなければごくありきたりの住居だった。

ブロックを積んだだけの粗末な門をくぐり、短い石畳を進む。玄関の格子戸《こうしど》を開けると、三和土《たたき》には革靴と小さめのスニーカーが並んでいた。

靴の脱ぎ方が悪いと冴島が烈火のごとくどやすので、やくざであろうと一般人であろうと関係なく皆きちんと靴を揃《そろ》える。

厳密にはいま診療時間外だが、むしろそういう時間帯のほうが頻繁に急患が入ってくるので、冴島に世話になるようになって三日もたてば医者がどれほど大変な職業であるか理解できるようになった。

和孝も靴を脱いで隅にやり、上《あ》がり框《かまち》を跨《また》ぐ。

狭い廊下兼待合スペースには、ちょうど診察室から出てきた派手なシャツに紫の上着を羽織《はお》った父親と小学生らしき男児がいた。

熱があるのだろう、頬《ほお》を赤くしている息子を父親は心配そうに見つめている。

「風邪だな。腸にウイルスがついたんだろう。薬を出しておくから、さっき言った食事制限は守れよ」

はい、と父親は真剣な表情で返事をし、メモを取る。身なりを除外すればどこにでもいる父親だ。

「ただいま帰りました」

和孝は声をかけて、後ろを通り過ぎる。挨拶《あいさつ》をしないと、あとで叱られるため適当にすませるわけにはいかない。

「先生。あいつ、誰ッスか」

父親の不審げな声が隣室まで聞こえてくる。が、冴島にこの質問をしたのは彼が初めてではなく、和孝を見た誰もが、あいつは誰だと口にする。

「最近入れた使用人だ」

冴島のこの返答も何度目になるか。

最初に聞いたときには、誰が使用人だよと反感を抱いたが、冷静になれば似たようなものだとあきらめ半分で思う。いや、役に立つかどうかという意味では居候のほうが格下だろう。世話になっている身なので、これに関しては文句を言える立場になかった。

ため息をこぼし、風呂場《ふろば》に足を向ける。シャワーがないので、昨夜冴島が使った残り湯に熱めの湯を注《つ》ぎ足《た》すために蛇口を捻《ひね》り、居間へと移動した。

冴島家は、もっとも広いスペースを診療所が占めているため、住居部分はどうしても手狭になる。三畳程度の台所と六畳の和室がふたつ、納戸《なんど》、風呂、それがすべてだ。

和室の一方には和孝が寝泊まりしているせいで、冴島は居間に布団《ふとん》を敷いて眠っているのが現状だった。

小さなテレビと小さな飾り棚、卓袱台《ちゃぶだい》のみの簡素な室内だが、冴島らしいこだわりも見られる。古めかしい家具の中で畳は新しく、居間に足を踏み入れるたびにイ草の香りが鼻をくすぐる。

飾り棚に置かれた干支《えと》の置物を尻目《しりめ》に、隣の台所に立った和孝は、早速朝食の準備に取り掛かった。

あらかじめ冴島がとっておいた出汁《だし》を煮立たせ、なめこと豆腐を入れる。初日に味噌を入れすぎて「辛《から》い」と注意されたので、味を見ながら味噌を足していく。

その間に卵焼きを作る——のだが、こちらは一朝一夕《いっちょういっせき》でできるほど甘くはなかった。うまく巻こうにも巻けない。卵がなぜ巻けるのか、不思議になるほどだ。が、とにかく形は二の次だと冴島に言われているので、不格好な卵焼きを作成して各々《おのおの》の皿にのせた。

急患を見送った冴島が姿を見せる。

白衣を脱ぐと、作務衣《さむえ》が現れる。作務衣にスリッパという出《い》で立《た》ちが、普段の冴島のスタイルだ。身体つきは小柄と言ってもいい冴島だが、作務衣姿が板につき、白髪と眉間《みけん》の縦皺《たてじわ》とが相俟《あいま》ってなかなかの迫力だ。

そのうえ声が通るので、隣室にいても冴島の言葉は明瞭《めいりょう》に聞こえてくる。近隣住民にも和孝が叱られている声が届いているのではないか——と、たまに心配になるほどだった。

和孝が居間の卓袱台に味噌汁と卵焼きを運んでいる間に、冴島は昨夜の残り物のひじきの煮物と漬物を用意した。

ご飯をよそい、卓袱台を挟んで正座する。冴島家では茶は食事の後だ。

「いただきます」

両手を合わせて、特に話題もない静かな朝食が始まる。

味噌汁をすすった冴島が、ふんと鼻を鳴らした。

「あれだけ言ったのに、味噌汁を沸騰させたな」

早速の小言だ。

「え。なんで？」

どうしてわかったのかと目を丸くすると、冴島は冷静なまなざしを投げかけてきた。

「接客業と聞いていたから、それなりに常識を備えているかと思うておったのに、誰でも知っていることを知らん。味噌汁は沸騰させたら途端にまずくなる」

「………」

誰でもと言われようとも、味噌汁を沸騰させるなと和孝に注意したのは冴島が初めてだ。そもそも味噌汁なんて、何年も口にしていなかったくらいだ。

味噌汁の椀《わん》に口をつけた和孝は、首を傾《かし》げた。

「どこがまずいのか、わからない」

正直な感想だった。今日は濃すぎず薄すぎず、我ながらうまくできたと思っていた。

はあ、と冴島がわざとらしい息をつく。

「おまけに味オンチときた」

呆れた様子に、口中でくそっと毒づく。この爺《じい》さんは、文句を垂れることに生《い》き甲斐《がい》を見出しているにちがいない。

「すみませんね。じゃあ、食べなくていいですよ」

厭《いや》みを込めてそう告げた。すると、

「馬鹿者」

即座に反撃される。

「食べ物を粗末にするなぞ、もってのほかだ。どんなにまずくても残さず食べる。最低限のマナーだぞ」

冴島はそう言い放つが早いか、憮然《ぶぜん》とした表情のまま卵焼きを口に放り込んだ。卵焼きもまずいという、遠回しの皮肉なのだろう。

「だいたい、おまえは少食すぎる。儂《わし》がおまえくらいのときは、どんぶり飯を掻《か》き込《こ》んでいたというのに」

これに対しては、異論があったものの黙っておいた。

和孝自身は特に少食なたちではない。これまで一度として食が細いと指摘された覚えはなかった。ようするに習慣の違いだ。

仕事から戻ると、コーヒーを飲みながら朝刊や本を読んで適当に時間を潰《つぶ》した後に眠っていたので、それをいきなり変えるのは難しい。朝食を摂《と》るようになったのは、冴島の家に厄介になってから――ここ一週間のことなのだ。

朝食の後には掃除が待っている。嫁いびりと久遠にこぼしたのは、半分軽口ではあったが、残りの半分は本気だった。

「あ」

和孝ははっとして、勢いのまま卓袱台に箸を取り落とした。

「なんだ。行儀が悪い」

冴島の小言は聞き流し、急いで立ち上がるとその足で風呂場へ走った。

「あー、やっちまった！」

湯がざーざーと正方形の浴槽からあふれていた。慌てて蛇口を締め、がくりと肩を落とす。これでまた冴島に叱られる。そう思うと、身体から力が抜けていった。

落ち込んで引き返した和孝を、なにをやらかしたのか説明する間もなく後ろに立った冴島が一瞥《いちべつ》してくる。

「……すみません」

叱責されるのを承知で先回りして謝罪したが、ほとほと呆れ果てたのか非難はされなかった。

「さっさと食え。終わったら儂が皿を洗うから、おまえは掃除をしろ」

代わりに真顔でそう命じられ、和孝は項垂《うなだ》れたまま従順に「はい」と返した。

食後に、冴島に処方された薬を服用してから、掃除に取りかかる。居間と隣室の六畳間にはたきをかけてから畳を箒で掃くという文明の利器を無視した掃除は、たっぷり三十分を要した。

それがすむと、冴島の問診が待っている。

睡眠時間や眠りの状態。夢を見たかどうか。疲労はどの程度かなど毎日同じ質問を受け、検温、脈診と続く。

それらがすべて終わってようやく和孝は解放されるのだ。これで夕飯まで自由だと安堵《あんど》しつつ、風呂に入る。湯を入れるという手間はあるものの、それだけの甲斐あって浴槽に身を沈めるのは心地《ここち》よかった。

風呂をすませると、六畳間に移動する。

和孝に割り当てられた部屋だ。

簞笥《たんす》がひとつあるだけで居間より広々としている。床の間には本物か偽物か不明だが、雉《きじ》の剝製《はくせい》が置かれていた。

押し入れから布団を出して敷く。子どもの頃からベッドを使ってきた和孝だが、重い綿布団にも案外すぐに慣れた。民宿にでも泊まっていると思えば、かえって新鮮に思える。

布団の中で雑誌を眺めているうちに、処方薬のおかげか、それとも冴島にこき使われているからなのかいくらもせずに瞼《まぶた》が落ちていく。

睡魔に襲われ、引きずり込まれるように眠っていた。

目が覚めたのは、微《かす》かに耳に届く声のせいだ。それが誰の声なのか、毎日のことなので和孝にもわかっている。

睫毛《まつげ》を瞬《またた》かせた和孝は真っ先に携帯で時刻を確認して、声に意識を向けた。

子どもの声だ。子どもの声で目を覚ますなど、ずっと大人の世界で育ってきた和孝には縁のないものだった。

冴島は慕われているのだろう。

「先生。ほんとに痛くないのかよ」

生意気な子どもの問いには親しみがこもっている。

「痛かったら泣いてもいいぞ。まあ、注射で泣くのは赤ん坊くらいだろうけどな」

冴島の高笑いが聞こえてきた。赤ん坊同然と揶揄《やゆ》され、きっといま子どもは悔しげな顔になっているはずだ。

その後、泣き声はしない。まんまとジジイの罠《わな》に嵌《はま》ったようだ。

それも当然だった。勝てるわけがないよ、と同じ翻弄《ほんろう》されている身として少なからず子どもに同情を覚えた。

「おや、泣かないのか」

意地悪な冴島に、

「痛くなかったから泣かないよ」

子どもはやせ我慢する。ふたりのやり取りを耳にするうち、知《し》らず識《し》らず和孝は頬を緩めていた。

「痛いに決まってんだろって、ジジイに噛《か》みついてやればいいのに」

独り言とともに布団からむくりと身を起こした和孝の脳裏に、ふと、捨ててしまった写真が浮かんだ。入学式の立て看板を背に緊張の面持ちで直立していた子どもの姿を一目見たとき、もう小学生になったのかと月日の流れの速さに驚きを覚えた。

弟という感覚はない。が、なにも感じなかったと言えば嘘《うそ》になる。和孝にしてみれば、自分みたいな大人にはならないでくれと願うばかりだ。

すでに習慣となった動作で畳んだ布団を押し入れにしまい、顔を洗って居間に顔を出す。そこに意外なひとの姿を見つけ、和孝はぎょっとした。

「……なんだよ」

正座しているのは、沢木《さわき》だ。厳《いか》つい体躯《たいく》の沢木のせいで狭い室内はいっそう狭く感じられ、反射的に唸《うな》り声《ごえ》を上げる。

沢木は和孝を見て黙礼し、持参した茶封筒を差し出した。

「お邪魔してます。マンションに届いていた郵便物をお持ちしました」

今日はやけに丁寧な物言いをする。どうやら冴島の手前、行儀よくしているらしい。

和孝の抱く沢木の印象はまさに「現代の武士」だ。愚直なまでに久遠の指示を厳守し、必要とあれば命も張るその姿は、二十歳《はたち》そこそこという年齢を考えれば驚愕せずにはいられない。普通ならば羽目を外す年頃だろう。

そういえば、沢木の笑った顔を一度も見たことがない。常に眉間に皺を寄せ、唇を一文字《いちもんじ》に結んで――いまと同じ表情をしている。

「わざわざごめん。自分で取りに戻ったのに」

徹底した態度に内心で感心しつつ茶封筒を受け取った和孝は、中を覗《のぞ》いた。ダイレクトメールや請求書などが入っている。

「いえ。俺の役目ですから」

真顔で和孝を凝視し、明言する沢木に和孝自身は複雑な心境になった。沢木にはなにかと迷惑をかけているせいで申し訳なく思う反面、それを命じている久遠のことを考えると素直に受け止めにくいのだ。

いつまでも……と、そこには自省ももちろんある。

「きみも大変だな。俺の面倒を押しつけられて」

自虐的な気持ちでそう言った和孝に沢木は眉ひとつ動かさず、無言のままだ。用件は郵便物を届けるのみだったようで、すぐに腰を上げる。

わずか数分の滞在で帰っていく沢木を見送るために、和孝も玄関に向かった。

「本当にもういいからさ。次から自分で取りに行くし」

沢木に対して、というより久遠への伝言のつもりで声をかけたが、返ってきたのは目礼だった。

「失礼します」

一言の無駄口も叩《たた》かず、沢木は去っていった。居間に引き返した和孝は、早速茶封筒の中身を取り出した。

数通の封書と葉書を適当にチェックしていく手が、白い封書の裏書きを目にしたときに止まる。そこには「柚木孝道《たかみち》」と書かれていた。父親からだ。

微かに記憶に残る癖のある文字を睨《にら》んで、和孝は顔をしかめた。

あれだけ詰《なじ》ってもまだなにかあるというのか。どれほど説得されようとも、義母に会うつもりはないというのに。

他の葉書と一緒に茶封筒に戻すと、隣室に入り、冴島から使えと言われた簞笥の中に放り込む。一気に不愉快になったが、それを認めるのも癪《しゃく》だった。

舌打ちをしたとき、冴島がひょいと顔を見せる。患者が途切れたようだ。

「ご近所さんから大根と白菜を貰《もら》った」

その手には大根と白菜がぎっしりと詰まったスーパーの袋がある。貰い物が多いことからも、冴島がいかに慕われているか察せられる。

確かに、医師という部分を除いても冴島は頼もしい。その理由は、話し方にあるのだろうと和孝は分析していた。

迷いのない短い言葉は聞く者を安心させる。冴島は、怒鳴るときも褒めるときも――和孝はまだ褒められたことがないが――じつにわかりやすい。子どもに受けがいいのも頷《うなず》ける。

「夕飯、どうしますか」

夕飯担当は主に冴島だ。そこまでおまえに期待しておらんと、初日に一刀両断されたのだ。和孝にしても、それはありがたかった。朝食の味噌汁にさえ四苦八苦しているというのに、夕食を作るとなればハードルが高すぎる。

「昼間買ってきた鯵《あじ》を焼いて、白菜は豚肉と煮るか。おまえは、大根を下ろしてくれ」

冴島が手早く大根をカットし皮を剝《む》く。下ろし金とともに大根を手渡された和孝は、てきぱきと動く冴島の邪魔にならないよう卓袱台に移動し、頼もしい背中を尻目にボウルの中に大根を下ろしていった。

「今日は患者さん多かったみたいですね」

包丁が俎板《まないた》を叩く軽快な音を聞きながら、冴島に話しかける。

冴島は、ああと答えた。

「風邪が流行し始めたからな。どうやら長引くタイプらしいから、おまえもぼんやりしてうつされないようにしろよ」

横柄な言い方ではあるが、冴島なりに案じてくれているようなので「はい」と素直な返答をする。

が、冴島は冴島だった。

「おまえに寝込まれたら面倒だ。儂にうつされてもかなわん——というか、大根を下ろすだけにどれだけ時間がかかってる」

組板に向かったままで容赦ない言葉を、一片の躊躇《ちゅうちょ》もなく吐く。「面倒」という部分に腹を立てるべきか、それとも大根に関して反論すべきか、迷ったもののそのどちらもしなかった。

どちらも無意味に終わるだろうことは想像に難《かた》くない。いや、無意味ならまだましだ。藪《やぶ》を突《つつ》いてうっかり蛇が出てくるはめにもなりかねないのだ。

このクソジジイめ——せめてもと腹の中で吐き捨てる。声に出さなかったことを褒めてほしいくらいだった。

鼻に皺を寄せた和孝は、口を閉じて大根に集中した。

しばらくすると、いい匂《にお》いが漂い始めてくる。それほど空腹を感じていなかったはずの胃袋が匂いに反応して急に動き始める。

ぐるぐると腹の虫を鳴らしてしまい、

「うちに来るガキと一緒だな」

冴島に失笑される始末だ。

この件に関して和孝は否定できる立場にはなかった。

料理といってもカレーや炒飯《チャーハン》くらいのものだったが、聡《さとし》がいるときはまだ、ふたりでキッチンに立つことがあった。ひとりになってからほとんどの食事を、コンビニ、もしくはデリバリーですませてしまっていた。

自分の食生活がまずいというのは重々承知していたので、冴島にも久遠にも胸を張って大丈夫だと主張できないのだ。

大根を下ろし終えると、鍋《なべ》の火を見たり食器を出したりと冴島の手伝いをする。まもなく料理ができあがる。冴島が皿によそったものを卓袱台に並べていくのは和孝の役割だ。

和孝が下ろした大根は鰺に添え、醬油《しょうゆ》を垂らせば夕食は完成した。

いただきますと手を合わせ、鰺から箸をつける。

「……うまい」

思わず感嘆の声を上げ、視線で冴島に同意を求めた。

素材の新鮮さはもとより、そんな言葉がつい口からこぼれるほど絶妙の焼き加減の鰺は、驚くには十分な味だった。自分で下ろした大根とともに食べると、余計にうまい。

それは煮物も同じだ。白菜の甘みと豚肉の旨《うま》みが薄味の煮汁に絡み、絶品の料理となっている。

「さしものおまえでもわかるか」

口は相変わらずだが、冴島が上機嫌で頷く。

これまで食事は腹が膨れればいいと思っていた和孝だったが、冴島との生活によって考えを改めざるを得なくなった。手間をかければかけただけの甲斐があるし、食生活というのは存外重要なのだろう。

なにより、うまいものを食すと多少の厭みも聞き流せるものだと知った。

夕食がすむと、片づけは冴島に任せて和孝自身は仕事に行く仕度をする。いってきますの挨拶は、いまでは無意識に口をついて出るようになっていた。

診療所を出て車でBMに向かう。オフィスに入ってすぐに私服からスーツに着替え、姿見で髪やネクタイを整えながら、顔色のよさを確認した。

精神状態も落ち着いている。久遠ではなく冴島を選んだのは正解だった。久遠もそう考えたからこそ、和孝の答えを聞く前に冴島に頼んでいたのだろう。

姿見から離れたそのタイミングで、ノックの音が耳に届いた。静かにドアが開き、スーツ姿の宮原《みやはら》が笑顔で入ってくる。

「お疲れさまです」

BMのオーナーを部下として辞儀で迎えた和孝に、宮原のやわらかな瞳《ひとみ》が好奇心を滲《にじ》ませた。

「柚木くん、新生活はどう？」

人好きのする優しい物言いで問われ、宮原がソファに座るのを待ってから、和孝は向かいに腰を下ろした。

「ひとの出入りが多いので落ち着きませんが、そこそこ快適に過ごさせてもらってます」

快適というのは、和孝を案じてくれる宮原を安心させるための方便だ。飯がうまいという一点以外は、独り暮らしの自由を満喫してきた身には窮屈な生活だった。

「いいなあ。下町の診療所」

本気でいいと思っているのか、宮原が相好《そうごう》を崩す。羨《うらや》ましがられる部分はほとんどないので、身を乗り出して頭を左右に振った。

「掃除機がないんですよ。はたきと箒で掃除するんです。あと、シャワーもないし――しかもあの爺さん、掃除の後チェックして、埃《ほこり》が残っていたらやり直しさせるんです。今朝も味噌汁がまずいと文句言われるし、これじゃまるで――」

嫁いびりだとうっかり口を滑らしそうになり、慌てて唇を結んだ。宮原を安心させるつもりが、ついべらべらと余計な愚痴までこぼしてしまった。

「まるで花嫁修業だね」

にっこりと笑顔で口にされた一言に、頬が引《ひ》き攣《つ》る。「嫁いびり」も大概な喩《たと》えだと思っていたが、「花嫁修業」となると返す言葉もない。

「……替わってほしいくらいです」

和孝がそうこぼすと、物好きにも宮原は目を輝かせた。

「本当に？　じゃあ、今度替わってもらおうかなあ」

宮原の場合、冗談には聞こえない。おそらく本気で「いいなあ」と思って「替わってもらおうかなあ」と言っているのだ。

ふと、宮原が小首を傾げた。大の男がそんな仕種《しぐさ》をすれば普通は異様に感じるのだが、どういうわけか宮原だと様になる。七つも年上だというのを忘れてしまいそうだ。

「柚木くんは、どうして久遠さんのところに行かなかったの？　あそこなら部屋はいくらでもあるし、柚木くんも慣れているんじゃない？」

宮原にしてみれば、ごく自然な疑問にちがいない。久遠のところなら、少なくとも「嫁いびり」はなかった。

久遠から二択を迫られたとき、和孝は即答した。他人に面倒をかけてしまうという躊躇はあったが、久遠と生活をともにする自分がどうしても想像できなかったためだ。

もし久遠を選んでいたなら、いま頃自分は尻尾《しっぽ》を巻いて逃げ出していただろう。

「――じつは、昔一緒に暮らしていた時期があるんです」

躊躇しつつも口にのぼらせる。初告白だったが、宮原は驚かない。

「あ、そうなんだ」

いつの話だとか、どれくらいの期間とか、詮索《せんさく》もなかった。

「あの一度で懲《こ》りたんです」

予測していたのか、それとも久遠からなにか聞いていたのだろうか。

「それほど厭なことがあったって意味？」

目を丸くした宮原に、和孝はかぶりを振った。

厭なことなんてなにもなかった。なにかあったほうがよかったのかもしれない。久遠が布団に入ってきたときですら、和孝は厭だとは思わなかった。

「なんでしょうね。当時は、自分でもよくわかってなかったのかもしれません」

いまはちがう。自分の気持ちも目指すものも熟知している。たとえそれが他人の目からは奇異に見えようとも、貫く覚悟はできていた。

「まあねえ」

宮原がしみじみとこぼす。

「ひとの繋《つな》がりっていうのは縁だから。縁があれば、当人たちがどう考えていようと自然に引き寄せられるものでしょ？」

同意を求められ、頷いた。

そのとおりだ。現に和孝は久遠との再会を望んでいなかったのに、いざ会ってしまえばその考えはあっさりと覆《くつがえ》った。七年も離れていた事実が不思議に思えるほど、あっという間に引き寄せられたのだ。

自制心などなんの抑止力にもならない。別れるという選択はいまやとっくになく、久遠との未来まで考えるような始末だ。

「俺は頑固なんですよね。家庭環境のせいだと思いますけど、そのせいでかなり遠回りしてるような気がします」

目を伏せ、ちらりと自嘲《じちょう》を滲ませ弱音を吐くと、普段から穏やかな宮原の声音がさらにやわらかさを増す。

「誰にでも譲れない部分はあるから。僕は、柚木くんの頑固なところ好きだな。それに、自分でわかっているなら、いつか乗り越えられるよ」

「…………」

宮原の言葉を、和孝は戸惑いとともに受け止めた。

頑固なのは性分だからと開き直ってきた。いまさら変えられるものではない、と。自分をこれほどまでに頑《かたく》なにさせている原因は、多分に家庭環境にあるとも思ってきたのだ。

だが、周囲は変わっていく。

あれほど頼りなかった聡は自分の足で立とうと努力し始め、久遠は、やくざの道に入ったきっかけになったはずの私怨《しえん》を捨てて、自分の背中に乗った荷を負い続けることを選んだと、そう言った。当初は人生を変えるほどの強い思いがあったはずなのに、それを捨てると決めたという。

久遠の心情をすべて理解するのは難しい。そもそも、自分と久遠では考え方も立場も価値観もまるでちがうので、容易に比較はできない。

和孝はいまだ過去を引きずり続けている。

すっかり老い、ひと回り小さくなったように見えた父親を前にしても、情は湧《わ》かなかった。父親の口から義母について語られたとき、昔同様の憤怒《ふんぬ》がこみ上げてきた事実に、自分自身が驚いたほどだった。

久遠のどこがよくて——と常々思ってきたが、久遠はいったい和孝のどこがいいのだろう。いまとなってはそちらに対して疑問が湧き上がる。

和孝自身、頑固な自分がたまに厭になるくらいだから、久遠はおそらくそれ以上のはずだ。以前、和孝ほど手の掛かる男は他にいないとこぼしたあの言葉は、久遠の本心だったにちがいない。

和孝は、ため息を殺して睫毛を伏せた。

この件を考えだすと、鬱々《うつうつ》としてくる。マイナス方向に流れていく思考をストップさせ、顔を上げて宮原に苦笑を返すのが精一杯だった。

診療所に戻り、居間に入った和孝を迎えたのは冴島ひとりではなかった。早朝にもかかわらず、久遠が冴島と卓袱台を挟んで向かい合い、茶を飲んでいた。

朝のさわやかさとは無縁の光景に、和孝は一瞬その場で固まる。

今朝も作務衣に身を包んだ冴島は、一見どこにでもいる老人だ。だが、朝から堅苦しいスーツ姿の久遠と向かい合っていると、どれほどくつろいでいようとも一種異様な雰囲気を感じずにはいられないのだ。

ぎょっとする一方で、久しぶりに目にする久遠に胸の奥がきゅうっと締めつけられるような感覚を味わう。鼓動の音を意識する。そんな自分が気恥ずかしくて、どこの乙女だよと心中で突っ込みを入れた。

「どんな嫁いびりをされているのか、見に来た」

和孝の心情を知ってか知らずか、揶揄を含んだ半眼とともに久遠がそう言ってくる。余計なことをと舌打ちすると、いつもどおり「ただいま帰りました」と挨拶をした和孝は台所へ足を向けた。

「久遠さんも飯食ってく？」

どうか断ってくれという願いを込めながら、背後に向かって儀礼的に問う。

「ごちそうになるか」

――よもやこんな答えが返ってくるとは予測していなかった。

「いや、でも忙しいんじゃないの？　たいした朝ご飯でもないのに引き止めるのは悪いし、無理しなくていいから」

　こちらから誘っておいて早速後悔しつつ再度問えば、久遠ではなく、隣に立った冴島が和孝の淡い期待を打ち砕いた。

「ほう。その『たいした朝ご飯』じゃないものを、おまえは、朝からこんなにがっつり食えないとこぼしておったよなあ」

　和孝は、眉をひそめつつ口を噤《つぐ》んだ。言い訳をすればするほど墓穴を掘る結果となるのは、数々の例を思い出すまでもなく目に見えていたからだ。

「味噌汁の具は、昨日の残りの大根と白菜でいいですか」

　さらりと受け流し、自分から率先して動く。知らないことは聞く。聞いたら、とにかくやってみる。これを実行しないと容赦なく冴島の叱責が飛んでくるのは学習済みだった。

「今日はししゃもでも焼くか」

　冴島が腰を上げて台所へやってくる。

「なら、卵焼きは作らなくていいですよね」

　卵焼きはまだ一度も成功していない。作らないですむならなによりだ、とほっとしたのも束《つか》の間《ま》、

「朝食には卵焼きだ」

無情な台詞《せりふ》が返ってきた。ようは、冴島の好みの問題だ。

一日一個の卵を冴島は欠かさない。いまも、作らないと言った和孝を異星人にでも出会ったかのような目で見てきた。

胡座《あぐら》をかいた久遠は、めずらしくくつろいでいる様子だ。ネクタイに指を引っかけ、緩める仕種からもそれが窺《うかが》える。

和孝は背後を意識しつつ、ひとつひとつ自分の役割をこなしていった。

それにしても——。

まさか三人で食卓を囲むはめになろうとは。久遠に自分の手料理を食べさせる日がくるなど、この場になっても妙な気分だ。

「おい」

うっかり背後へ意識がいってしまった和孝に、冴島が冷ややかな横目を流してくる。

「味噌汁をまた沸騰させてしまうぞ」

自分の仕事をこなしながらも和孝の手元をちゃんとチェックしていたらしい。

「あ、はいはい」

慌ててコンロの摘《つま》みを回し、火を止める。

「『はい』は一回と何度言えばわかるんだ」

今日は間に合ったと喜んだのは和孝だけで、結局は注意されてしまい、がくりと肩を落として言い直した。

　叱られることには慣れてきた。とはいえ、他人の前となればやはり決まりが悪い。しかもそれが久遠となれば――自然に頰が赤らむ。

　案の定、背後で久遠がくすりと笑ったのがわかった。

「なるほど」

　なにがどう「なるほど」なのか、和孝は問い返す気にもなれなかった。

　ししゃもを加え、いつもより一品多い料理を卓袱台に並べると、不自然な朝食が始まる。和孝は無言で箸を動かしたが、意外にも久遠は冴島と世間話が弾んでいる。和孝とは、世間話などしたことがないというのに。

　そもそも久遠は、和孝には極端に口数が少ないような気がするのだが――面白くない事実に気づかされた。

「昨日よりはましだな」

　ずずと味噌汁をすすって、冴島がしみじみと感想をこぼす。

「それなりにうまいですよ。卵焼きはいまひとつですが」

　これは久遠だ。不格好な卵焼きを口に放り込み、平然とそんなことを言う。

　もうやめてほしい。まずいなら食べるなよ。なんでこんな目に遭っているんだ。いますぐ逃げ出したい気持ちに駆られながら黙々と箸を口に運んでいった。

一秒でも早く片づけてしまいたい一心で、自然に咀嚼《そしゃく》するペースが上がる。久遠が、いつもよりゆっくり味わっているように感じるのは気のせいか。いや、きっと嫌がらせにちがいない。

「お茶淹《い》れます」

ようやく気詰まりな食事も終わり腰を上げかけた和孝を、冴島が制した。

「儂が淹れよう」

普段なら「どうも」と素直に礼を言う場面だ。しかし、この場所から逃げ出したかったいまのタイミングでは、余計な真似《まね》をと思ってしまう。

冴島が台所で茶を淹れる間、和孝は卓袱台に久遠とふたり残され、気まずさを存分に味わった。

「鍛えられているみたいだな」

和孝の心情を知ってか知らずか、久遠の口許に微かな笑みが浮かぶ。

見てのとおりだよと答えた和孝は、久遠を睨んだ。

一服したいところだが、和孝も久遠も喫煙の習慣を持たない冴島の手前、煙草《たばこ》は控える。

和孝の灰皿と煙草は隣室の六畳間に置きっぱなしだ。お世辞にも常識人とは言えない自分であっても、それくらいの礼儀は弁《わきま》えている。

「なんで来るんだよ。三人で飯を食うなんて、ぞっとするだろ」

大袈裟《おおげさ》ではない。現にずっと尻がこそばゆい。

「まあ、そう言うな。俺が頼んだ手前、うまくやれているかどうか気になるのは当然だろう」

もっともらしい言い分に舌打ちをする。それが事実であっても、面白がっている部分もあるにちがいないのだ。

盆に湯呑《ゆの》みをのせて、冴島が戻ってくる。

「いい玉露が手に入った」

上機嫌で勧める冴島は、茶に関してこだわりがある人間だ。煙草も酒も嗜《たしな》まない冴島にしてみれば、茶がなによりの気分転換になるらしい。その冴島が勧めるのだから、よほどいい玉露なのだろう。

現在、無期限禁酒中である和孝は、冴島に世話になってから茶のうまさが多少なりともわかるようになってきた。

「ああ、うまいですね」

茶を一口飲んだ久遠の感想に、冴島が機嫌をよくする。

「だろう。ここの玉露は上物なんだ」

「淹れ方もいいのでしょう」

「お、おまえさんにもわかるか」

久遠に世辞が言えるとは知らなかった。少ない言葉数で年寄りを転がす術《すべ》を学ぼうと、和孝は久遠と冴島の会話に耳を傾ける。

「京都から取り寄せておる」

「それだけの価値はありますね」

「ああ。手間を惜しんでは駄目だ」

久遠の賛辞に、いまや冴島は上機嫌だ。

そんなにおいしいか？　と首を捻りながら和孝も湯呑みに口をつけた。

「……お茶だ」

茶は茶だという意味だった。普段飲んでいる物といったいどこがどうちがうのかという疑問をうっかり声に出してしまい、慌てて口を噤む。

冴島が、ふんと馬鹿にしたように鼻で笑った。

「尻の青い坊主《ぼうず》じゃまだこの味はわかるまい」

くそっと口中で毒づき、ちらりと久遠を窺う。冴島に異論を唱えてほしいとまでは望まないものの、平然と茶を飲むその姿に、よもや久遠も同感なのかと思えば悪態のひとつもぶつけたい心地になった。

とはいえ、分の悪いこの状況で、藪を突くつもりはないのでぐっと堪《こら》え、以降は黙って茶を飲む。

思いがけずなごやかな一時になった。冴島が会話の中心で、久遠が相槌《あいづち》を打ち、そんなふたりを和孝は眺めて過ごした。

掃除に取りかかる時間になると、久遠は腰を上げた。

「なかなかうまかった」

和孝にそう言い、

「よろしくお願いします」

冴島には頭を下げる。本気で様子を見に来ただけのようだ。

「忙しそうなのに、悪かったよ」

玄関で靴を履く久遠に一言礼を告げると、ああ、と久遠の返答は短かった。格子戸を開けて出ていく背中を引き止めたい衝動に駆られ、和孝は頭を掻いた。

引き止めてどうしようというのだ。

「……あのさ」

それでも、出ていく間際に声をかけてしまった和孝を久遠が振り返った。

「なんだ」

正面から視線が合う。と、ふいにさっきの疑問が脳裏をよぎった。

——いったい俺のどこがいいんだよ。

うっかり言葉にしようとしたところで、かろうじて踏《ふ》み止《とど》まった。冷静になってみれば、これほど恥ずかしい質問はないだろう。

「いや、なんでもない」

苦笑でごまかすと、それ以上の追及はされなかった。その代わりに久遠は和孝の頭に手を置くと、髪をくしゃりと摑《つか》んだ。

「しばらく忙しくなる」

久遠のその言葉に、和孝にも思い当たることがあった。

「三代目の引退の件で？」

そんなところだ、と久遠の返答は短い。相変わらず、和孝には必要最小限の情報すら与えるつもりがないようだ。

巻き込むまいとする気遣いであっても、和孝にしてみれば不本意だった。案外面倒なだけだったりして、と否定しきれない可能性も頭に浮かぶ。

「わかった」

和孝が頷くと、久遠の手が頭から離れた。それを寂しいと感じる気持ちを抑え込み、久遠を見送る。

昨日、久遠からの誘いを断ったが――会えなくなるなら受けておくべきだったかと、そんな考えがよぎったもののいまさらだった。

「いい子にしてろよ」

久遠は、最後にそう言い残して帰っていった。

まるで子どもに対する言葉も同然だが、忙しいさなかにわざわざ様子を見に来てくれた事実を思えば文句は言えない。久遠の触れた髪に自分でも触ってみた和孝は、むっとするどころか妙に照れくさい心地になった。

「わかってる」

この場にはいない相手に向かって答え、踵《きびす》を返して部屋に戻るとそのまま掃除に取り掛かる。はたきと箒を駆使して隅から隅まで綺麗《きれい》にしていき、今朝は率先して短い廊下のぞうきんがけをした。その後、問診、検温、脈診をすませる。

一汗掻いて風呂を使う頃には、身も心もくたくたになっていた。布団を敷き、横になった途端、薬の効果もあり睡魔が襲ってくる。

落ちそうになっていた和孝の瞼を直前で止めたのは、携帯電話の着メロだ。

身を起こして確認すれば、見覚えのない番号が並んでいる。普段ならば無視するところだが、迷ったすえ和孝は携帯電話を耳にあてた。

『あ、あの……』

幼い子どもの声だ。どうやら間違い電話らしい。

「どこにかけた？　間違ってるみたいだけど」

和孝の返答に、子どもの声にはますます戸惑いが滲む。

『え、でも……柚木、和孝……さんじゃ』

「――」

なんだ？　疑念を抱いたのは一瞬だった。はっとして、和孝は息を詰めた。自分の名前を呼ぶ子どもに、たったひとり心当たりがあったのだ。

まさかと思いつつ、ごくりと唾《つば》を嚥下《えんか》した。

『僕……弟です。孝弘《たかひろ》って言います』

「――」

言葉に窮し、黙り込む。落ち着こうにも頭の中は真っ白だ。

『あの……お兄さん、ですか』

これは不意打ちだった。子どもの声で『お兄さん』と呼ばれ、和孝は完全に冷静さを失った。

『いきなりかけてごめんなさい。僕……お兄さんに会いたくて』

「あ……」

狼狽《ろうばい》した和孝にまともな返答などできるはずがない。

「ごめん。いま、忙しいから――かけ直す」

この状況から逃げ出すのが精一杯で、口早に告げると、相手の反応を窺う間もなく電話を切ってしまった。

枕元《まくらもと》に置いた携帯電話を熟視しながら、いったいいまのはなんだったのだろうと、大きく息をつく。鼓動は速く、口の中はからからに渇いていた。

気まぐれを起こすとろくなことはない。知らない番号に出たりするからこんなはめになったのだ。

鼓膜には、たったいま耳にした変声期前の少年の声で発せられた言葉が明瞭にこびりついていた。

会いたい——なんて、まさか言ってくるとは思っていなかった。いや、電話をかけてくること自体がすでに和孝にとっては予想外だった。

ひょっとして、父親の差し金か。自分で失敗したから弟を使ったのかもしれない。いったんその考えが浮かぶと、そうとしか思えなくなってくる。

きっとそうにちがいない。

父親に対する腹立たしさから、和孝は舌打ちをした。その手にはのるかと、吐き捨てるように言いながらふたたび横になった。

目を固く閉じ、頭の中を空っぽにして早く寝ようと努める。努力の効果はあり、いつもより時間はかかったものの、いつしか意識は遠退いていた。

どれくらいたった頃なのか、子どもの声が聞こえ始める。診療所に来た子どもの声だろう。冴島が、風邪が流行《はや》ってきたと言っていた。

見知らぬ子どもの声を耳にしながら、脳裏には明瞭な顔が映し出される。

写真で見た、弟の顔だ。

弟はしきりに和孝に向かってなにか話しているが、周囲の雑音のせいで聞こえない。耳を澄ましてみても同じだ。

近づこうと足を一歩踏み出したが、突如現れた人影が和孝の行く手を阻《はば》んだ。

――なにをやっているんだ。

父親だ。なんの権利があるのか、父親は和孝を責めてくる。

――おまえがいつまでも意地を張っているから、皆が厭な思いをしているんだぞ。

したり顔で説教されて、かっとした。いったいどの面《つら》下げてと、怒りに任せて吐き捨てる。

――いつまでも、だって？　それをあんたが言うか。

不快さをあらわにした和孝に、疲れた様子で父親がため息をこぼした。

――子どもじゃないんだ、和孝。いつまで親のせいにするつもりだ？

――うるさい！　俺のことは放っておいてくれ。

父親に背中を向ける。すると、和孝の手に触れてくる者があった。

首を巡らせて見ると、そこにいたのは弟だった。じっと和孝を見つめてくる無垢《むく》なその瞳に畏《おそ》れにも似た気持ちが湧き上がり、咄嗟《とっさ》に手を退《ひ》いていた。

喉の奥で呻《うめ》くと同時に、目を開ける。すべては自分の脳が作り出した妄想だと承知していても不愉快で、最悪の寝覚めだった。

秋も終わろうかというのに、首筋にはうっすら汗を掻いている。

「……んだよ」

実際は、父親に説教をされた経験はない。家を出る前も、説教どころか和孝を持て余しているようだった。学校をずる休みしようと、夜中にふらりと家を出ようと一度も叱らなかった。

つまりは、いつか乗り越えられると宮原に言われた言葉と弟からの電話が尾を引いているのだろう。

髪を掻き上げ、携帯電話で時刻を確認するといつもより早かったが、布団から身を起こす。

今日の診療所はいつもより賑《にぎ》やかだ。数人の子どもの声が聞こえてくる。押し入れに布団をしまった和孝は、風呂場に向かうと洗面器に溜《た》めた湯で汗を流してから身支度を整えた。

居間に入ったとき、冴島は戻っていた。一段落ついたのか、診療所も静かだ。夕飯の準備をする冴島の手伝いをしつつ、和孝は半ば無意識のうちに弟の声を頭の中で反芻《はんすう》していた。

　――お兄さん。

　聞き慣れない呼びかけは、思い出してみても違和感があった。当然だろう、和孝は一度として兄であったことはないのだから。

　小学校に入学したばかりだというのに、やけに丁寧な口調だった。同じ年齢だった頃の自分と比べれば、ずいぶん礼儀正しい。

　会いたい、と言っていたが、本気なのかどうか。たとえ父親に頼まれたからだとしても、弟にとって和孝は他人も同然だ。

「どうかしたのか」

　たくあんを切りながら、冴島が水を向けてくる。

「――べつに、なにも」

　主治医である冴島にはなんでも話すように言われているが、この程度でいちいち報告してもしようがない。そう判断して、和孝はかぶりを振った。

　いつもどおりの夕食をすませると、仕事に向かう。

　診療所を出て駐車場まで歩き、そこに停めている車の運転席に乗り込むと、助手席に上着を放った。アクセルを踏んだ和孝は、まっすぐＢＭを目指した。

　冴島の処方してくれた薬剤と環境の変化のせいだろう、自宅にひとりでいたときより格段に体調がいい。悪夢にうなされることも減った。このまま順調にいけば、近いうちにマンションに戻れるはずだ。そうでなければ、冴島に世話をかけている意味がなくなる。

口うるさい冴島に閉口するときはあるものの、感謝している気持ちに嘘はない。冴島を見ていると、幼い頃に数回顔を合わせただけの祖父を思い出す。もっとも、あまりに古い記憶なので、顔立ちも声もほとんど忘れてしまっているが。

ＢＭに到着してスーツに着替えた後、今夜最初の客を迎えるために玄関ホールへ向かう。その間にあらゆる雑念を振り払い仕事モードに入ると、玄関ホールの清浄な空気を肺いっぱい吸い込んでから、接客用の顔をつくった。

津守《つもり》が開けてくれたドアから外へと足を踏み出した和孝は、静かに近づいてくるヘッドライトを待つ。

アプローチで停まった車の後部座席から降りてきた男に、一瞬目を見開いた。先日顔を合わせたばかりだが、これほど早くＢＭで再会するとは思いも寄らなかった。

あくまで同行者でしかない彼に目礼した後、和孝は立派な体軀を揺すって降りてくる主客に意識を向けた。

現れたのは政界の重鎮と呼ばれる男で、宮原がオーナーになったときにはすでに会員だったという彼はＢＭにとっても大事な顧客だ。痛風に加え、近年は糖尿病にも悩まされているともっぱらの噂《うわさ》だが――注視すればわずかに右足を引《ひ》き摺《ず》っているのがわかった。

「島津《しまづ》様。お待ちしておりました」

和孝がこうべを垂れると、無沙汰《ぶさた》を詫《わ》びた老公が唸り声を上げた。

「ああ、そろそろ隠居したいんだがな」

本人がいくら望もうと、周囲が許してくれないのだろう。経済が不安定な時代だからこそ、名が物を言う場合がある。

「この男も、儂をこき使う気らしいぞ」

同行者の肩に手を置く。島津の紹介を受け、谷崎《たにざき》は口許《くちもと》を綻《ほころ》ばせた。

「まだまだ隠居されては困ります」

そう言った谷崎に、島津は満更でもない様子だ。年齢も立場もちがう島津と谷崎は意外にも親しそうだ。

いや、親しいという表現は的外れだろう。ふたりの間に阿吽《あうん》の呼吸めいたものを感じて、もしかして近い将来、谷崎は島津のバックアップを受けてなにか仕掛けようとしているのかもしれないと、そんな想像が頭を過《よ》ぎる。

「じつは、柚木さんとは顔見知りなんです」

そう言った谷崎に、島津は貫禄《かんろく》のある顎《あご》を引いた。

「顔の広い男だな」

谷崎を評してのこの言葉には、まさにそのとおりだと心中で同意した。現在の立場は執行猶予中の元秘書だが、それは自身が仕える政治家の罪を被《かぶ》ったせいであり、なんといってもあの上総《かずさ》の幼馴染《おさななじ》みだ。肝が据《す》わっているという点では、並の政治家ややくざでは太刀《たち》打ちできない。

「その節はどうも」

谷崎が和孝のマンションを訪ねてきたのは記憶に新しい。久遠に縁談が持ち上がっているという余計な情報を和孝の耳に入れるためにわざわざやってきたのだ。

あのときの縁談がその後どうなったのか、和孝は知らない。聞かなかったし、久遠にしても一言の弁明もなかった。

まったく気にならないと言えば嘘になるが、おそらく今後も縁談は持ち上がるはずなので、そのたびにやきもきしてもしようがないというのが本音だ。ある意味、腹を括《くく》ったと言える。

縁談が進んでいたら、さしもの久遠であってもなにか一言くらいあるだろうと考えるようにした。ようするに、久遠から話がなにもないうちは大丈夫だと自身を納得させているのだ。

それくらいの感覚でいなければ久遠とつき合うのは難しい。

谷崎は老公に断り、その場にひとり残る。

案内係と老公の背中を見送ってから、和孝は谷崎に向き直った。

「お知り合いだとは思いませんでした」

純粋な驚きとしてそう言うと、谷崎はひょいと肩をすくめた。

「捨てる神あれば拾う神ありっていうだろ？」

さらりと口にされたその一言に合点がいく。やはり、谷崎はそろそろ復帰を考えているのだ。谷崎のことだから、同じ失敗を避けるために、自分が仕えるにふさわしい相手かどうか十分に見極めてから行動に移すにちがいない。

「先日は悪かった」

謝られる理由が思い当たらず、和孝は谷崎に視線で問う。言葉どおり、すまなそうな表情で谷崎が頭を掻いた。

「手土産に酒を持っていっただろう。あの後、電話で上総に怒られちまった。禁酒中だと知らなかった。本当に悪かったよ」

「……いえ」

上総がどう説明したのかわからないので、曖昧《あいまい》な返答になってしまった。自分から蒸し返したい出来事ではない。

和孝の心情を察してくれたのか、それ以上の詮索はなかった。

「あんまり待たせちゃご機嫌を損ねてしまう」

谷崎は、代わりにそう言って階段を見やる。が、話はこれだけで終わらなかった。

「久遠さん、大変そうだね」

久遠が存外忙しい身であるのは、周知の事実だ。やくざの親分といえば、部下を顎で使って自分は贅沢三昧《ぜいたくざんまい》――というイメージを持たれがちだが、現実はそれほど楽な仕事ではない。

久遠に限っていえば、木島《きじま》のトップとしての仕事以外に、不動清和会の用件でも奔走している。

「なにかご存じですか」

谷崎が「大変」だと言っているのはそれではないはずだ。またなにかあったのか、と不安とともに問う。

一瞬、思案の様子を見せた谷崎だったが、和孝に話すべきだと判断をしたらしい。

「久遠さんからまだなにも聞いていない？　三代目の跡目候補に、久遠さんの名前も挙がっているって噂を聞いたんだが」

そう切り出してきた。噂という言い方をしたが、谷崎の情報だ。十中八九《じっちゅうはっく》間違いないのだろう。

「――――」

和孝には十分すぎるほど衝撃的な内容で、理解するのに時間を要した。まさに寝耳に水だと言っていい。確かに、忙しくなると聞いていたし、その際、三代目が引退するからだろうと和孝も考えていた。

けれど、久遠自身が跡目候補に挙がっているとは露ほども思わなかった。

「三代目のお気に入りだから、まあ、おかしくはないんだけど、もし本当なら当分はごたごたするはずだし、気をつけたほうがいいな」

谷崎の忠告を聞くまでもなく、途端に不安がこみ上げてくる。

不動清和会は、国内最大の暴力団組織だ。マスメディアにも取り上げられるし、ごたごたするという谷崎の表現は生易しいものだ。久遠の身が心配になる。

不動清和会の内外に久遠を疎《うと》ましく思う人間は少なからずいると聞く。若頭補佐の座についた際も、異例の出世と騒ぎ立てられたとゴシップ誌やネットの記事で目にした。

「……ありがとうございます」

表面上は冷静さを装いながら、いつもなら担当者に任せるところを和孝自身が部屋まで案内していく。どんな小さな情報であっても聞き出したかったが、いまここで谷崎を質問攻めにするのは躊躇《ためら》われた。

谷崎にしても、めずらしく難しい顔をしている。おそらく谷崎がこの件について和孝に話をしたのは、『気をつけたほうがいい』という一言のためだろう。

一宿一飯の恩義という言い方を以前谷崎はしたが——気にかけてくれているのは間違いなさそうだ。

無言で部屋へ導き、

「どうぞごゆっくり」

いつもの言葉を残して谷崎と別れる。

その足でオフィスへ戻った和孝はデスクにつくや否《いな》や携帯電話を手にしたが、途中で思い直して元の位置に置いた。

よほどの事態に陥らない限り、こちらからの連絡は控えている。久遠がどこでなにをしているか予測がつかない以上、不用意に電話をかけるわけにはいかなかった。

これまで我が身にいろいろな災難や厄介事が降りかかってきたが、今回の件はそれとはちがう。和孝は蚊帳《かや》の外《そと》だ。傍観《ぼうかん》せざるを得ない立場がいかにじれったいか、こうなって初めてわかる。

和孝は、自分が狭い世界で生きてきたという自覚を持っている。交友関係も限られていて、それゆえ大事なひとも極端に少ない。

中でも久遠は、ずっと傍《そば》にいようと決めた相手であるため特別だった。

なにがあっても乗り越えると腹を括ったつもりでいたが、予期せぬ事態に襲われるたびに己の覚悟の弱さを実感する。

久遠はいまなにをしているのだろうか。窮地に立たされているのではないか。

まったく想像できないことがもどかしくてたまらなかった。なにより、助けられるばかりで助けることのできない自分の立場に苛立《いらだ》ちを覚えていた。

2

仕事を終えた和孝《かずたか》は、久遠《くどう》に連絡すべきかどうかまだ迷っていた。忙しければ電話には出ないだろう。かけてみるだけでもかけてみようか。いや、和孝が何か聞いたところでどうにもならない。

あれこれ考えつつデスクについて携帯電話を見ていたとき、その携帯電話がぶるぶると震えだした。

咄嗟《とっさ》にそれを拾い上げて着信相手を確認すると、宮原《みやはら》だった。緊張を解《と》き、和孝は通話ボタンを押した。

『柚木《ゆぎ》くん?』

宮原の声を聞くと落ち着く。宮原に対する安心感はすべて信頼からくるものだった。

『お疲れさま。何事もなかった?』

「はい」

そう答える一方で、谷崎《たにざき》からもたらされた情報について考える。

久遠はＢＭ《ビーエム》の出資者だ。となれば、今回の件はＢＭにも関《かか》わりがあることではないだろうか。

「じつは、お話があるのですが」

宮原の耳に入れておくべきと判断して、そう切り出す。ちょうどよかったと宮原が言い、なにがちょうどよかったのかと和孝は首を傾《かし》げたが、理由はすぐにわかった。

『僕も話したいことがあるんだ。もし時間が許すなら、うちに来る？　朝ご飯一緒に食べよう』

宮原の自宅は、和孝にとっては懐《なつ》かしい場所だ。昔、久遠から逃げ出したとき、短い間だったが宮原の部屋に居《い》候《そうろう》させてもらっていた。

和孝だけではない。数日間、聡《さとし》も宮原宅で世話になった。宮原は、自身についてはあまり話さないが、面倒見のいいひとだ。

「なにか買っていくものありますか？」

『大丈夫。身ひとつで来てくれればいいから』

宮原らしい軽口を聞いて、ほっとする。わかりましたと言って電話を切った和孝は、次に冴島《さえじま》に連絡して、帰りが遅くなると断った。

着替えをすませると、オフィスを出る。

「お疲れさまです」

駐車場まで、津守《つもり》と肩を並べるのはすっかり習慣になった。他愛《たわい》のない話に興じる数分間は、唯一同世代の人間とフランクに話せる場だと言ってもよかった。接客業をしているととかく勘違いされがちだが、自分に排他的な傾向があるというのは和孝自身よくわかっていた。

津守にもそれを指摘されたことがある。柚木さんは他人に対して距離をとっている、と。

「新しい環境には慣れた?」

津守の問いかけに、和孝は肩をすくめた。

「慣れたっていうか、慣れざるを得ないっていうか」

「頑張ってるんだな」

津守の揶揄《やゆ》を含んだ言い方にはため息をつく。

「それはもう、厭《いや》になるほど頑張ってるよ。味噌汁《みそしる》沸騰させちゃいけないって、津守さん、知ってた?」

津守相手に「嫁いびり」とは言えないが、つい愚痴っぽくなる。

は、と津守が吹き出した。

「それは大変だな。柚木さん、料理しないって言ってたのに」

「笑い事じゃない」

聞く相手を間違えた。津守は自炊しているのだ。

「味噌汁は、まあ、沸騰させたら駄目だな」

案の定の返答に、傷口に塩を塗り込まれたような気分になった。自分たちくらいの年齢の男は知らないはずだと思い込んでいたのに。

「ああ、でも、料理をしない人間は知らなくてもおかしくないから」

「………」

津守の慰めには返事をしなかった。

裏口から外へ出ると、「お疲れ」と手を上げて別れ、それぞれ自分の車に向かう。運転席に身を滑らせた和孝はすぐさまアクセルを踏むと、夜明け前の道を、帰路とは逆方向にある宮原の自宅を目指して走った。

空がしらじらと明るくなるにつれ、白く浮き上がった半月はぼやけていき、やがて空に溶け込む。

宮原の住むマンションが見えてくる頃には完全に夜が明け、ウォーキングに汗を流すひとや開店準備をするひと、早朝から出勤していくひとを見かけ始める。朝日とともに活動する人々を目にすると、以前は疲労を感じたものだが、最近は自分もなにか運動でもしてみようかという気になってくる。

晴れて自宅に戻った暁には、ジムにでも入会してみるか。

駐車スペースに車を入れた和孝は、グレーの外壁を見上げた。確か二十五階だったと思いつつ、正面玄関へと回り込む。

入り口で来訪を告げると、ガラス扉が開いて和孝を迎え入れてくれた。

顔が映り込むほど磨かれた大理石の床を踏み、エントランスを進む。高級ホテル並みの広いフロアに常勤のコンシェルジュがいるマンションは、庶民からすれば豪奢《ごうしゃ》なものだが、宮原の出自と肩書を考慮すれば、控えめと言ってもいいものだ。

なにより和孝は贅沢《ぜいたく》な住まいなら見慣れている。最上階のワンフロアを独占している久遠の部屋と比べれば、どんなところであってもそうそう驚くことはない。

セキュリティ上の問題など諸々《もろもろ》の理由でそうせざるを得ないとわかっていても、久遠宅を訪れるたびに呆《あき》れてしまう。俺もやくざになればよかったと、以前谷崎が毒のある冗談を口にしたが――洒落《しゃれ》にもならない一言だった。

エレベーターで二十五階へ向かいながら、ふと、十七の頃を思い出す。どこの馬の骨ともわからない人間を家に入れて、盗みでもされたらどうするのだろうと、自分を好き勝手にさせていた宮原の真意を測りかねながら。

結局、居場所ばかりでなく天職だと自負できる仕事まで与えてもらい、以来、和孝は宮原に対して親しみより敬愛に近い感情を抱いている。

エレベーターを降りると右に折れ、一番奥のドアの前に立つ。インターホンを押した和孝の耳に、心地よい声が返ってきた。

『柚木くん。いま開けるね』

いくらもせずにドアが開く。

「いらっしゃい」

普段から下がりぎみの眦《まなじり》をいっそう下げて、ＢＭに来るときとちがいラフなシャツとカーディガンを身につけた宮原が、和孝を中へと招き入れた。

「お邪魔します」

靴を揃《そろ》え、宮原のあとからドアの向こうにあるリビングへ足を向ける。一階にリビングとダイニングキッチンがあり、部屋の中央から二階へと伸びている螺旋階段《らせんかいだん》を使って上がれば、そこには宮原の寝室とゲストルームがある。かつて和孝はそのゲストルームで寝起きしていた。

「ちょっと散らかってるけど」

宮原はそう言うと、ソファの上の雑誌を作りつけの書架に片づける。

「俺の部屋からしたら、モデルルームみたいに綺麗《きれい》ですよ」

宮原が読書家だというのは、書架を見れば一目瞭然《いちもくりょうぜん》だ。初めて見たときは、その本の量に和孝は感嘆したものだ。

ハードカバーや新書、文庫、海外のペーパーバック。月刊誌から週刊誌まで。ありとあらゆる書籍が整然と並べられている。とりあえず突っ込んでいる状態の和孝の本棚とは大違いだった。

「座って。ホットサンド作ったんだ」

その言葉とともに、コーヒーの香りが鼻をくすぐる。最近はもっぱら緑茶ばかりなので、思わず匂《にお》いを嗅《か》いでいた。

「すっごい嬉《うれ》しいです。ここ最近、和食ばかりだったんで」

冴島との食事は健康的で充実しているが、如何《いかん》せん高齢者向きのメニューだ。たまには洋食を食べたいと思っていたところだったので、ホットサンドはありがたい。

「それはよかった」

目を輝かせた和孝に、宮原がにっこりと笑顔で椅子《いす》を勧める。

テーブルの上にはホットサンドとコーヒー、サラダ、ジャムを添えたヨーグルトが並べられる。ホットサンドの具は二種類あり、ひとつは卵とハム。もうひとつはコンビーフをマッシュポテトで和《あ》えたものだ。

「おいしそうですね」

宮原が椅子につくのを待って、いただきますと両手を合わせた。

宮原が頰《ほお》を緩め、いったいなにがおかしいのかと和孝は首を傾げる。

「本当に努力しているんだなあって思って。柚木くん、いままでもわりと礼儀正しい子だったけど、両手を合わせるところは初めて見た。それに、わりと機械的に黙々と食べてる姿しか知らなかったから、『おいしそう』なんて言われて、ちょっとびっくりしたんだ」

「え……そうですか」

思いがけない指摘に戸惑い、眉《まゆ》をひそめた。和孝にしてみれば喜ぶべきかどうか、迷う台詞《せりふ》だ。

「柚木くん、えらいね」

とまで言われては、どう反応すればいいのか。

「――一応、頑張ってます」

津守の言葉を借りて適当に濁す一方で、確かにと自分でも納得していた。この場に冴島がいなくても、最早《もはや》習慣として染みついてしまったようだ。

ぼそぼそとまずそうな顔でものを食《く》うなとは、和孝が最初に注意されたことだった。一緒にいる相手を少しでも意識しているなら、不景気な面《つら》を堂々とさらせないはずだと。

小言に悩まされている和孝にもわかっている。冴島はいつも正しい。亀《かめ》の甲より年の功とはよく言ったものだ。

食事の間は、宮原といろいろな話をした。時事的なものから、流行ネタ、スタッフから聞いた噂話。聡の話題も出た。

「聡くん、店を切り盛りしながら、勉強も頑張ってるみたいだよ」

宮原は聡とメールのやり取りをしていると聞く。反して、部屋を出ていってから和孝にはメールも電話もない。和孝も一度も連絡せずに今日まできた。

それは、暗黙の了解だった。連絡を取り合えば、会いたくなる。帰りたいと聡に言われたら、和孝には撥《は》ねつけられる自信がなかった。

「そうですか。元気なんですね」

「うん。元気」

宮原の言葉に胸を撫《な》で下《お》ろす。和孝が望むのは、いまも昔もたったひとつだ。聡が笑って生活していてくれたらそれでいい。

「ところで、柚木くんの話っていうのはなに？」

食事が終わるのを待って、宮原が水を向けてくる。

どう切り出そうか逡巡《しゅんじゅん》した後、回りくどい言い方をしてもしようがないので率直に聞くことに決める。

フォークを置いた和孝は、自然に背筋を伸ばしていた。

「久遠さんが跡目候補に挙がっているというのを、宮原さんはご存じでしたか」

単なる噂であればいい。だが、谷崎が根も葉もない噂を和孝の耳に入れるとは思えない。

「知らなかった」

宮原は目を丸くしたが、それほど驚いている様子には見えなかった。

「でも、あり得る話だね」

この返答は、和孝をひやりとさせた。宮原にとっては、寝耳に水の話ではないという意味だ。

「なにしろ三代目のお気に入りだし、不景気の煽《あお》りを食ってか経営が厳しい組が多い中、そういう面でも木島組《きじまぐみ》は頭ひとつどころかふたつも三つも抜け出してるって聞くし」

三代目が久遠を気に入っているというのは、完全な外野にある和孝にも察せられる。三代目が襲撃された際に楯《たて》になって守った過去はもとより、息子である田丸慧一《たまるけいいち》の教育を久遠に任せようとしていたくらいだ。

結局それは叶《かな》わなかったが、田丸を黙って行かせた中華街での一件について久遠になんらお咎《とが》めがなかったことでも、いかに三代目が久遠を信頼しているかが窺《うかが》える。

経営についてもそうだ。

久遠はインテリやくざと呼ばれるほどの高学歴なうえ、ナンバー2の上総《かずさ》も有名国立大の法科出身だ。フロント企業など諸々《もろもろ》をうまく動かし、成功させているだろうことは容易に想像できる。

「まあ、その分、面白くないってひとも多いから、跡目候補っていうのが本当ならいま頃久遠さんは奔走しているだろうね。うちとしては、結果が出るまで静観かな」

宮原のわかりやすい口上に、和孝は唇を引き結んだ。『面白くない』という程度ならいいが、中には敵対視している者もいるはずだ。少なくとも他の跡目候補にとって久遠は強力なライバルだ。

「柚木くんも、心労が絶えないね」

目を細める宮原に、苦笑を返す。普通の生活などとっくに手放したつもりでも、こうも次から次では確かに気が滅入る。

「それで、宮原さんの話っていうのは——」

はたと思い出し、水を向けた和孝の言葉を軽快なメロディが阻《はば》んだ。

「ごめん。電話だ」

宮原は腰を上げ、カウンターテーブルの上にある携帯電話を手にする。相手を確認した後、真顔のまま隣室へ移動した。

リビングにひとり残された和孝は、跡目騒動に関して深く考え込まないよう自身に言い聞かせる。いくらやきもきしようとも、傍観する以外和孝にできることはないのだから。

と、わかっていても、万が一を想像すると不安が込み上げてきた。不動清和会《ふどうせいわかい》の頂点に立つということがなにを意味するか。

木島の名前には疎《うと》い一般市民であっても、不動清和会なら誰しも一度くらい聞いているはずだ。

警察の目も、メディアの注目度もちがう。現に、これまで会長が襲名するたびにニュースで取り上げられてきた。

万が一にも久遠が——そう考えただけで背筋が震えた。

「柚木くん」

戻ってきた宮原に声をかけられ、はっとして顔を上げる。

宮原は、すまなそうに眉尻《まゆじり》を下げた。

「落ち着かなくてごめんね。誘っておいて申し訳ないんだけど、これからお客さんが来ることになっちゃって」

「いえ。俺こそ、自分の話ばかりしてすみません」

和孝は頭を下げると、ごちそうさまでしたと言って椅子から立ち上がった。宮原に別れの挨拶《あいさつ》をする間も、いったん芽生えた不安は膨らんでいく。

谷崎から噂だと聞いたときには、まだどこか半信半疑だった。宮原と話して、途端に現実味を帯びてきた。

「お邪魔しました」

宮原のマンションをあとにした和孝は、居ても立ってもいられず車を木島の事務所へと走らせた。事務所にいるかどうかわからないが、いたときは、久遠の口からたとえ一言であっても安心できる言葉を聞きたかったのだ。

けれど、期待に反して久遠は不在だった。

「申し訳ありません。昨日から横浜《よこはま》に行っているんですよ」

応対してくれた上総が、和孝を応接室へ招く。

「いまコーヒーを持ってこさせます」

上総の気遣いを辞退した和孝は、ソファに腰かけるやテーブル越しに迫った。

「押しかけてしまってすみません。聞きたいことがあったので」

本来、上総に問うべきではないと承知していたが、他に方法がない以上どうしようもなかった。

「久遠さんの……ことなんですが」

「なんでしょう。私に答えられる範囲ならなんでも聞いてください」

和孝の迷いを察してか、上総が眼鏡《めがね》の奥の双眸《そうぼう》をやわらげ先を促してくる。

一度唇を濡《ぬ》らして、和孝は切り出した。

「久遠さんが、跡目候補に挙がっていると聞きました。本当ですか」

上総は即答しない。あらかじめ想定していたのか、眉ひとつ動かさず、苦笑した。

「柚木さんにはうちの若い者をつけています。少しの間堅苦しい思いをされるでしょうが、堪《こら》えてください」

否定とも肯定とも受け取れる曖昧《あいまい》な返事だ。立場上、部外者に漏らすわけにはいかないというのも理解できる。とはいえ、上総からなにか聞けるのではないかと淡い期待を抱いていた和孝は失望を禁じ得なかった。

和孝は立ち上がり、暇《いとま》を告げた。

「柚木さんがいらっしゃったこと、久遠にも伝えておきます」

去り際にそう言われたが、首を振って辞退する。横浜に行っていると聞いて、それでも時間を作ってほしいなんてどうして言えるだろう。

「失礼します」

玄関から外へ足を踏み出そうとしたときだった。

「柚木さんが女性だったらと、初めて思いました」

上総が、目を伏せ静かにそう言った。

この言葉の意味は確認するまでもない。久遠には——木島には今後組をまとめていく内助の功が必要だ、きっとそう言いたいのだ。

いくらなんでも無理だろ。心中でこぼしながら、和孝は車に乗り込んだ。

いつもより三時間遅れで診療所に戻ると、格子戸《こうしど》を開け、三和土《たたき》に並んだ靴を確認する。草履《ぞうり》の横に革靴が揃えられていた。患者は大人のみのようで、今日は子どもの声が聞こえない。

「ただいま帰りました」

診察室の前を通るとき声をかけた和孝に、冴島が隣室を指差した。

「客が来ているぞ」

だ。

「客——ですか？」

誰だろうかと怪訝《けげん》に思いつつ、隣室へ向かう。久遠ならば、冴島は客とは言わないはずだ。

開けっ放しの襖《ふすま》を挟んで、客と目が合う。

「やあ。待ってたよ」

ワイシャツ姿で胡座《あぐら》をかき、茶をすすりながらすっかりくつろいでいる人物に和孝は啞然《あぜん》とした。十数時間前にＢＭで会ったばかりだが——こんなところでまた顔を見るとは思いも寄らなかった。

「懐かしい雰囲気だな、この家は。昭和《しょうわ》にタイムスリップしたようじゃないか。俺もこの近辺に引っ越そうかなあ」

部屋を見回し、冗談とも本気ともつかないことを谷崎は言い出す。ある日突然引っ越しの挨拶にやってきたとしても、谷崎ならあり得る話だ。和孝の目から見て谷崎という男は、まだ得体が知れない男だった。

「柚木くんを捕まえるには、朝のほうがいいと思ってね。早くからお邪魔してしまった」

冴島は込み入った話ならと遠慮したのか、居間へは入ってこない。

「よくここがわかりましたね」

谷崎の前に腰を下ろしながら問うたが、答えは単純だった。

「上総から聞いた」

谷崎は、あっさり情報源を口にする。

上総が谷崎に？　不思議な気がした。

「俺が独自に得た情報を柚木くんに漏らすのは止められない、そう思っているみたいだ。というか、俺にフォローさせようって意図もあるんだろ。こっちも、柚木くんに喋《しゃべ》ったからにはそのつもりだし」

谷崎の言葉を聞いて、これも上総の気遣いだろうかと和孝は考える。自分からなにも話せないからその代わりに、というのであれば、手放しで喜んでいいのかどうか迷うところだ。ようは、部外者に対する上総の精一杯の譲歩なのだから。

「フォローって言われても……」

なにをどう聞けばいいのか、それすら判然としない。和孝は、久遠の住む世界に関して自分が無知であることを実感する。

「なら、俺が知っている範囲で話そう」

谷崎はそう前置きすると、茶で喉《のど》を潤してから口を開いた。

「不動清和会は、もともと不動会と清和会が合併してできた巨大組織だ。全国に二万人を超える構成員がいて、国内では敵なしだと言われている。現に、いまも不動清和会の傘下に入る組はあとを絶たない。警察まで、陰では必要悪だと位置づけていると言われている」

この程度の情報は、和孝のみならず知っている者は多い。近年、暴力団同士の抗争が減ったのも、そのためだと聞いている。

「三代目は、言わずと知れた稲田組《いなだぐみ》の田丸宗治《むねはる》だ。以下、顧問三名、若頭五名、若頭補佐五名、計十三名がいわゆる幹部と呼ばれるお偉方たちだ」

十三名のうちのひとりが、久遠だ。ここから先は、和孝には未知の話になる。

「三代目の退陣によって、四代目を誰にするかでいまごたごたしているんだが、候補は三人。ひとりは武闘派と言われる若頭、斉藤《さいとう》組の植草雄悟《うえくさゆうご》。もうひとりは過去に『ハマの龍《りゅう》』の二つ名で恐れられていた三島辰也《みしまたつや》。最後のひとりが——」

呼吸も忘れて聞き入る和孝を慮《おもんぱか》ってか、谷崎はいったん言葉を切った。その短い間に覚悟をして、唇に歯を立てる。

「若頭補佐の久遠さんだ。説明するまでもなく、いまの地位は久遠さんが一番低いし、歳《とし》も若い」

ここまでは理解したかと、谷崎が目線で問うてくる。

和孝が頷くと、先が語られていった。

「当初は、植草と三島のどちらかで決まる予定だった。が、外城田《ときた》顧問の推挙で突然久遠さんの名前が挙がってきた。実際は三代目の口添えがあったからじゃないかともっぱらの噂だ。内部が混乱しているのは、そのせいもある」

「………」

畳の一点を凝視し、頭の中を整理しようと努力する。和孝が理解したのは、突然久遠が候補に挙がったせいで組織内が混乱している、とその一点のみだ。

「植草には、若いときからいろいろと黒い噂がある。まあ、やくざに清廉潔白を求めること自体間違いだが、武闘派と言われるだけあって、かなり荒っぽい真似をしてきたらしい。けど、もうひとりの三島が安全かといえば、それもちがう。どう出るか予測がつかないぶん、三島のほうが厄介だとも言える。しかも、今回の騒動はそれだけではすまないかもしれない。下手を打てば、一枚岩であるはずの不動清和会が三つに割れる。そうなれば、この機に乗じて悪さをしようという組織が現れる可能性もある。どっちにしても、不動清和会も警察もぴりぴりしている状態だよ」

「――――」

谷崎の説明に、和孝は相槌《あいづち》すら打てなかった。

久遠がやくざだという事実は、いまさらだと思っていた。やくざである久遠しか知らないのだから、いまさら動じることもないと。

だが、跡目争《わ》いとなれば話は変わってくる。あまりに自分とかけ離れた世界なので、恐怖や不安が湧く以前に、どこか非現実的な感じがした。

「大変という言葉の意味が、なんとなくですがわかりました」

他に言いようはあるだろうが、なにも思いつかなかった。

「説明していただいて、ありがとうございました」

和孝が頭を下げると、谷崎がふと目を細くした。

「ちょっとした恩返しだよ」

意外な言葉に、谷崎を見る。

谷崎は、ひょいと肩をすくめた。

「柚木くんには、会員でもないのに飲ませてもらった恩がある。金魚の糞《ふん》でついていったときとちがって、じつにうまい酒だった」

「……谷崎さん」

その飄々《ひょうひょう》とした雰囲気のためつい忘れがちだが、谷崎は他人の罪を被《かぶ》って出頭して罪に問われたのだ。当時のなんとも言えない後味の悪さがよみがえってくる。

「あとは、俺の感傷かな」

この一言の意味は測りかね、視線で谷崎に問うた。

谷崎はまっすぐ和孝を見つめてくると、唇を左右に引いた。

「きみがどこまで踏ん張れるか、見届けたい」

谷崎の真意に、和孝は気づいた。久遠とのことを言っているのだ。

先日、谷崎は久遠の縁談を聞かせるためにわざわざ和孝のマンションを訪ねてきた。あのときは、よほど暇を持て余しているのだろうと軽く考えていたが、そうではなかったらしい。

谷崎には谷崎の思いがある。

かつて三日ほど匿《かくま》った際に聞かせてくれた話は、谷崎の本心だったのだ。

上総を連れて逃げたかった。でも、いまさら引き返せない。淡々とした口調でそう語ったとき、谷崎の顔には微かな後悔も覗《のぞ》いた。

「谷崎さんってもっと器用なのかと思っていましたが、案外そうじゃないところもあるんですね」

少しの同情を覚えてそう言えば、谷崎が気障《きざ》な仕種《しぐさ》で片目を瞑《つぶ》ってみせた。

「ギャップが可愛《かわい》いだろ？」

あえて深刻にならないようにしているのか、それとも谷崎の地なのかわからない。茶化した言い方を聞き流すと、谷崎は不満そうに顎《あご》を引く。

「あれ。反応薄いな。俺の通っている店の子猫ちゃんたちは、みんな可愛いって言ってくれるのに」

「…………」

こういう部分は相変わらずだ。どこまで本当でどこから嘘《うそ》なのか見極めにくい。執行猶予中にそんな店に通っていいのかなんて質問は、この場合野暮《やぼ》なのだろう。

「それ、上総さんには言わないほうがいいですよ」

余計なお世話と知りつつ一言だけ忠告したが、すでに手遅れだった。

「もう言った。おまえのそういうところが嫌いだと一蹴《いっしゅう》されたよ」

わははと、谷崎が大笑する。

上総の反応はわかりきっていたはずなのに――などと呆れてもしようがない。

おそらく故意だ。今回の件でも、谷崎のことだから、当の上総には「感傷」などという言い方はこれっぽっちもしていないはずだ。そう思えば、本心を口にせずに茶化してばかりいる谷崎は器用どころか、どこまでも不器用な男だと言える。

谷崎が、上着を手にして立ち上がった。

「また連絡するよ。柚木くんも、用なんてなくてもいいから電話して」

最後まで軽口を言って帰っていく谷崎を、玄関で見送る。感傷という言葉を使ったのは谷崎なのに、和孝自身が感傷を引《ひ》き摺《ず》ってしまっていた。

背中に礼を告げると、右手を上げて谷崎は門扉の向こうへと消えた。

「なんともまあ」

居間《いま》に戻ると、そこにはすでに冴島がいた。今日は患者が少なく暇なのか、台所に立ち茶を淹れ始《はじ》める。

「ただの水商売の坊やかと思っていれば、大の大人が次から次によく訪ねてくるもんだ」

谷崎が何者であるか知っての感想のようだ。呆れを含んだ半眼を投げかけられて、ちがいますと和孝は一応の訂正を試みた。

「ただの男っていうのは当たってますが、自分は『坊や』じゃありません」

冴島の言いたいことはわかっている。久遠に沢木《さわき》、谷崎と、年齢も立場も異なる男たちが訪ねてきては、さしもの冴島も落ち着かないだろう。

「なにかトラブルか？」

冴島の問いかけには、迷ったあげく頷いた。いつまでも主治医に隠すのは得策ではないし、この状況ではそのうち冴島の耳にも入るだろうと考えたからだ。

「不動清和会の跡目争いに、久遠さんが関係しているみたいで」

なるほど、と冴島は喉で呻《うめ》いた。

「確かに、困ったもんだな」

「困ったなんてもんじゃないです」

不安な気持ちとは逆に、さばさばと答える。これまでも幾度となく久遠の身を案じてきたが、今度の件はいままでのそれらとはまったく別と言ってよかった。

ひとまずの状況は把握できた。けれど、部外者であるという点はずっと変わらない。今回ほど自分の立場をじれったく思ったことはない。

「仕事の時間まで、休みます」

ため息混じりで和孝がそう言うと、ああ、とめずらしく歯切れの悪い調子で冴島が頷いた。

隣室へ入り、ひとりになると、谷崎から語られた話の数々を頭の中で確認していく。跡目候補は順当に行けば、植草と三島のふたりだった。そこへ、顧問の推挙という形で格下の久遠が割り込んだ格好になった。

おそらく先のふたりは不満に思っているはずだ。

「……久遠さんが、四代目に？」

口にしても現実味が薄いことには変わりなく、和孝には想像するのさえ難しかった。

3

何事もなく数日が過ぎる。横浜《よこはま》に行ったらしい久遠《くどう》からは電話一本かかってこないので、すでに戻っているのか、それともまだ横浜にいるのか、和孝《かずたか》には知るよしもなかった。

診療所とBM《ビーエム》の往復で日々を送りながら、ひとりになった瞬間、久遠を思う。そのくり返しだ。

改めて、久遠と自分は生きる世界がちがうのだと思い知らされるはめにもなった。

「最近、眠りが浅いのか」

問診中、和孝の顔を凝視して冴島《さえじま》が聞いてきた。

目を伏せた和孝は、不承不承認めた。

「でも、前みたいに悪夢に悩まされてるってわけじゃないですし、浅いなりにちゃんと眠れてます」

口先で敵《かな》う相手ではないし、居《い》候《そうろう》の身でいまさら取り繕ってもしようがなかった。

事実、嘘《うそ》のように中華街での夢を見なくなっていた。白朗《バイラン》を思い出すのも、自分が手にかけたかもしれない男を思い出すのも、それは目覚めているときに限られている。しかも最近は気がつくと久遠のことを考えていて、忘れがちになっていた。

冴島にすべてを打ち明け、自分の気持ちを吐露したことと処方されている精神安定剤が効いているのだろう。

「今日は、何度目が覚めた？」

差し出された冴島の手に、脇《わき》から抜いた体温計を渡す。

「三度か、四度」

体温計を確認した冴島は、次には両手で和孝の下瞼《したまぶた》の裏を診《み》た。

冴島宅に厄介になってから、体調は順調に回復している。以前のように、ベッドから起き上がるだけで億劫《おっくう》になることもない。

「悩んでいるのは、跡目騒動の件か」

冴島は、世間話の延長のように淡々と問うてきた。その声音には和孝を責める色合いもなければ、ましてや同情など一欠片《ひとかけら》も感じさせない。最初からずっとそうだ。

「いえ、俺が悩んだってしようがないですし」

和孝がそうこぼすと、冴島がはっと鼻を鳴らした。

「悩み事っていうのは、たいてい悩んでもしょうもないことばかりだと決まっておる」

一言であしらわれて、そのとおりだと納得する。そもそもどうにかなるものなら、あれこれ悩む必要はなかった。

「蚊帳《かや》の外《そと》っていうのが、思ったよりきついってわかりました」

上総《かずさ》から言われた言葉の意味をいまになって痛感する。あれは、木島《きじま》の立場からのみの一言ではなく、和孝にも当てはまることだったのだ。

もし和孝が女だったなら、跡目争いの渦中にいることになる。重圧と心労は計り知れないだろうが、外から眺めるだけの立場よりはよほどいい。

「なら、おまえさんもやくざになるか？」

この問いには苦笑する。

「俺には無理です。というか、そんな気はまったくないですし」

万が一にもあり得ない。そこが自分の矛盾だと自覚している。外から眺めるだけの立場にジレンマを抱きながら、中へ入る気はないのだ。

まったく、と冴島が白髪《しらが》頭《あたま》を掻《か》く。

「おまえさんは本当に面倒くさい性分よ」

ストレートな批判に、和孝は冴島を睨《にら》んだ。

「悪かったですね。面倒くさくて」

他に言い方はあるだろうと思うが、冴島はしれっとした顔で、なおも耳に痛い台詞《せりふ》をぶつけてくる。

「すでに自分で答えを出しているくせに、まだ欲張るつもりか」

「………」

これには、厭《いや》な爺《じい》さんだと眉《まゆ》をひそめた。なんでもお見通しだ。和孝がアドバイスを求めているわけではないというのも見透かされているらしい。

「蚊帳の外もなにもない。傍観《ぼうかん》する立場がもどかしいなら、目をそらせばいい。おまえさんがそうしたって、事態はなにも変わらない。ちがうか？」

正論を突きつけられ、ぐうの音《ね》も出なかった。和孝は、久遠の出世を望んでいない。いや、正直になれば、いまのままでいてほしいと思っている。

いまの距離、いまの関係。それがずっと続けばいいと願っているのだ。

「それができれば、もっと簡単なんですけど」

つい気重になる和孝の返答に、それ以上冴島はなにも言ってこなかった。

くだらない、くらいの反論があるかと身構えていた和孝は拍子《ひょうし》抜《ぬ》けして、皺《しわ》の刻まれた冴島の面差しを窺《うかが》う。

冴島にしてはめずらしく思案の素振りを見せたかと思うと、白い無精《ぶしょう》髭《ひげ》の生えた口許《くちもと》を手のひらで擦《こす》ってから、ようやく重い口を開いた。

「昔話でもするか」

意外な前口上に、和孝は無言で耳を傾ける。冴島の口調は普段同様に軽いものだが、どことなくいつもとはちがう様子に和孝自身は妙な緊張感を覚えていた。

「ある男の話だ。その男は、ごく普通の家庭で育った普通の子どもだった――まあ、普通と一括《ひとくく》りにするには頭は切れたし、妙に肝の据わった奴だったがな」

冴島は、懐《なつ》かしげにくしゃりと笑う。

いまの短い説明だけで、冴島が誰の話をしようとしているのかを察し、和孝ははっとした。

「ところが、ある日突然その男の両親が事故に遭って亡《な》くなった。山道の中腹でガードレールに激突したんじゃよ。不幸な事故として処理されたが――その男は信じなかった。しつこく食《く》い下《さ》がって、ついに綻《ほころ》びを見つけたってわけだ」

相槌《あいづち》も打たず、一言一句漏らさず聞く。

先日、和孝は久遠の墓参りに同行した。その際に久遠は、両親の話をしてくれた。極道の世界に足を踏み入れたのは、両親の死と無関係ではないと。

一方で、すでに恨みを晴らそうという気持ちは失われているとも言った。背負う荷が重すぎて、もう私情のみでは動けなくなってしまったのだと、そう語った久遠の声はひどく静かだった。

「だが、高校生になにができる？　多少疑問を抱いたくらいじゃ、どうしようもない。その男は待つ道を選択した。何年も、自分がそれなりの大人になるまでな」

気の長い話だ、と冴島は続けた。

何年も、など和孝なら耐えられない。気が変になってしまう。

ひとつわかったこともあった。久遠と冴島は、久遠がやくざになる前からの知り合いだったのだ。

「まあ、結果的に極道になることを選んだのだから、よかったのか悪かったのか」

冴島が、めずらしくだるそうにため息をこぼしたタイミングで、和孝は口を開いた。

「先生は、いまの話の中でどんな役割だったんですか?」

和孝の質問は、冴島にはどうやら歓迎できるものではなかったらしい。鼻に皺を寄せると、頭を左右に振った。

「これでも大学病院に勤務していた時期もあったのさ。魔が差したとしか言えんが、高校生に絆《ほだ》されて、事故と処理されている遺体を解剖した。おかげでエリートコースから見事に外れてしまったよ」

冴島に対する久遠の態度にようやく合点がいく。信頼しているだけではなく、恩義があるのだ。

冴島は口では後悔しているように言っているが、もしふたたび同様の立場に立たされたとしてもきっと同じ行動をとるはずだ。冴島はそういう人間だと、出会って間もない和孝にもわかる。

「待つだけってつらいですよね」

質問ではなかったが、ああと冴島は同意した。

「忍耐だな。ひたすら耐えられるかどうか、案外そのへんが相手を信頼できるかどうかの基準になるのかもしれんのう」

冴島の基準に照らし合わせてみれば、自分の子どもっぽさに気づかされる。和孝は、これまで常に行動あるのみだった。

迷い続けるのが苦手で、即行動に移してきた。家出をしたとき然《しか》り、久遠の部屋を出たとき然り。

久遠と再会したときも、聡《さとし》が囚《とら》われたときも、数え上げればきりがないほど自ら動くことを選択してきた。

「――俺には忍耐力が欠けているんでしょうね」

それは、「待つ」ことができなかったからだ。すぐにでも結果を出したいと望んで、現実にそうしてきた。

「あ」

ふと、たったひとつの例外に思い当たり、和孝は人差し指を立てた。

「俺も我慢していることがありました」

くすりと笑った和孝に、冴島が意外だとでも言わんばかりの顔で眉を上げた。

「やくざとつき合っていけるなんて、相当な忍耐力でしょう」

だが、これには納得してもらえたようだ。ちがいないと冴島は呵々大笑《かかたいしょう》する。一頻《ひとしき》り一緒になって笑った後、和孝の肩をぽんと叩《たた》いてきた。

「坊主は、定めとか縁を信じておるか？」

以前、宮原《みやはら》とも同じような話をした。人間同士の繋《つな》がりは縁なのだろう、と。

「そういうものは、なにも人間と人間に限った話じゃない。仕事も同じだ。おまえさんに縁があれば、仕事とも大事な相手とも、縁は切れずに続いていくだろうよ」

「――はい」

そのとおりだと、冴島の助言を素直に受け止める。ただ見ていることしかできないというのはもどかしいが、いまはおそらく己の無力さを嘆くときではない。

騒動が収まるまで黙って待つ。それが和孝の役目だ。久遠の無事を祈りながら。

「今日は掃除しなくていいから、このまま休むといい」

冴島が居間を出ていく。冴島の厚意に甘えて、和孝も隣室へと移動すると床についた。冴島と話したせいか、思っていたより気持ちは落ち着いている。しばらくすると薬が効き始め、やがて眠りに落ちた。

オフィスについてすぐだった。宮原から電話がかかってきた。久遠とは友人関係を築いているようだし、ＢＭの出資者でもあるので宮原が気にかけるのは当然だ。

『久遠さんから連絡はあった？』

「いえ、なにも。帰ってきているのかどうかも知りません」

冴島宅で、忙しくなると久遠が告げてからすでに五日がたつ。五日間、音信不通ということだ。

過去には十日くらい連絡がなかったときもあったが、事情が事情だけに、横浜でなにかあったのではないかとつい疑ってしまう。

「いったいどうなっているのか、まったくわかりません」

ぽつりとこぼした和孝に、

『しようがないよ』

宮原が慰めるようにそう言った。

『家族でも恋人でも、すべて分かち合えるわけじゃないんだから。というか、隠している部分のほうが多いものだよね。だからこそ、重なっている部分を大切にしていけばいいんじゃないかな。あとから悔やまなくていいように』

そのとおりだ。久遠とは、家族ではないし恋人ともちがう気がしているし、重なっている部分はほんのわずかだけれど、二度と離れないために必死で歩み寄ろうと努力している最中なのだ。

「そうですね」

同意を返す和孝の胸を占めるのは、久遠だ。久遠に会いたくてたまらなくなる。

『じゃあ、また連絡するね』

また、と和孝も告げて電話を切った。

着替えをすませ、デスクに向かってからも頭の中は久遠でいっぱいで、今日こそ電話をかけようと決める。遠慮していてもどうにもならない。声を聞ければ、それで満足できるのだから。

デスクワークを続け、客を迎える時間になって初めて和孝は椅子《いす》から腰を上げた。姿見でネクタイや髪の乱れをチェックしている際、客の到着を告げる連絡が入る。

ドアへ向かって一歩足を踏み出したとき、そのドアが外から開いた。

「――――」

会いたいと熱望していた、久遠だった。

不意打ちに目を見開いた和孝は、突如現れた久遠を凝視する。あまりに会いたくて、とうとう幻まで見るようになったかと一瞬我が目を疑った。

「どうした」

そう聞いてくる久遠は変わったところはない。和孝の知る、普段どおりの久遠だ。一分の隙《すき》もなく着こなされたスーツ姿は頼もしく、久遠がいるとその場の空気が変わった気さえするのだ。

じっと見つめたまま黙り込んだ和孝は、不審がられてようやく我に返るとばつの悪さを味わった。

「いや……なんでもないけど」

「けど？」

口ごもる和孝に久遠が目を眇《すが》める。

これが幻ではなく現実というなら久遠に言いたいことはたくさんあったが、まずは無事を確認するために傍《そば》によってスーツの胸に手のひらを当てた。

その手を肩にやり、腕に滑らせ、ようやく安堵《あんど》する。無事ならいい。久遠の身に何事もなければ、他はどうでもよかった。

「おかしな奴だな」

おかしいのは自分でも承知のうえだ。どれだけ揶揄《やゆ》されようとも和孝には重要だった。

久しぶりに顔を見て、仕事モードに切り替えていたはずのスイッチが途端にオフになる。そわそわと落ち着かず、久遠のスーツからも手が離せない。

「出迎えの時間じゃないのか？」

久遠は和孝のネクタイに手をやると、きつめに整えた。その後、気合を入れて早く行けと言わんばかりに胸元を軽く叩かれ、和孝はやっと久遠から身を退《ひ》いた。

「行ってくるから、待ってて」

仕事はこなす。けれど、会いたかったのだから、なにがなんでもこの機会を逃すわけにはいかない。

「俺が戻ってくるまでここにいてよ」

強い気持ちを込めて念を押すと、一度深呼吸をしてからオフィスを出た。

いつもなら意識しなくても同じ歩数で歩く通路を、今日は、心中で数えながらゆっくり進んだ。それが功を奏したようで、玄関ホールについたときには気持ちの切り替えができていた。

サブマネージャーの黙礼に応《こた》え、津守《つもり》の開けた扉から外へと出る。夜空を見上げると、さっきまで雲に隠れていた月は、まるで嘘のようにくっきりと浮き上がって見えた。

そろそろ頬《ほお》に触れる夜気を冷たく感じる季節だ。空へと伸びる枝に残った葉が風に吹かれてかさかさと小さな音を立て、晩秋を演出している。和孝自身は、一夜ごとに冬の気配を漂わせ始めるこの季節が好きだった。

ヘッドライトが近づいてきて、アプローチで停《と》まった。今夜の客は、去年会員登録されたアパレル会社の社長だ。

このご時世に、右肩上がりの業績を上げている数少ない企業のうちのひとつだが、社長はまだ四十歳と若い。先々月にはアジア進出を果たしたとメディアで取り上げられていた。

「昨日、日本に戻ってきたばかりなんだ」

彼がほほ笑む。アグレッシブな仕事ぶりとちがい、がつがつした印象を微塵《みじん》も感じさせないところが彼の魅力だ。

「お忙しいのにわざわざ足を運んでいただき光栄です」

会釈をしながら、和孝の意識は彼の同伴者に向かっていた。細身の社長の隣に立っているせいもあって、大柄なその体軀《たいく》は目を惹《ひ》く。

年齢はおそらく四十手前くらいだろう。百八十センチを超える上背は久遠と変わらないものの、上等なスーツに包まれた肩幅や胸板の厚みは一回り大きいように見える。

全体的に大作りなのか、目鼻立ちも派手で、眼光は鋭い。左中指には太いプラチナのリングが輝き、その手首に嵌《は》まっている時計はパテック・フィリップだ。

そして——和孝にとってはこれがもっとも重要なのだが——堅気には見えない。立ち姿から目の配り方、眼光、表情、なにより雰囲気が一般人とはちがう。職業柄多くの素封家《そほうか》に会うし、久遠の傍でいろいろなタイプのやくざにも接してきたが、目の前の男からは明らかに後者の匂《にお》いがした。

「いい店じゃないか。久遠が目をつけるだけのことはある」

「――っ」

この一言に衝撃を受ける。

久遠を呼び捨てにするこの男は何者なのか。和孝は、じっと見つめてしまいたくなる衝動を懸命に堪《こら》えた。

和孝の動揺など知らず、男は無遠慮な視線を館内へ巡らせる。

「俺はもうちょっと派手めが好みだが、まあ、クラシックなのもたまには悪くない」

男の鋭い目は、和孝のところで止まった。

「しかもスタッフは躾《しつけ》が行き届いているうえマネージャーは別嬪《べっぴん》ときてる。この店の会員になるのが金持ち連中のステイタスだって？」

舐《な》めるように頭の天辺《てっぺん》から足の先まで熟視され、顔をしかめたくなる。そんな愚行は犯さないが、饒舌《じょうぜつ》な男に対して不信感を抱くには十分だった。

「きみ」

社長が、男を窘《たしな》める。同伴者を紹介してくる会員もいるが、この社長はあえてそうしなかった。

紹介できない相手なのではと邪推しつつ、案内係にバトンタッチする。

「なんだ。あんたが部屋まで連れてってくれるんじゃねえのか。あー、まさか、お姉ちゃんもつかないってか？」

片方の眉を上げて、口許に揶揄を引っかける男に和孝は無言で腰を折った。傍若無人《ぼうじゃくぶじん》な男であっても、一応空気を読み取ったようだ。ほんの数秒、重苦しい空気がその場を流れたが、男ははっと鼻を鳴らすと、おとなしく案内係に従った。

去っていくがっしりとした背中を凝視していた和孝は、踵《きびす》を返してオフィスに足早に戻った。

久遠はまだいるだろうか。逸《はや》る気持ちを抑えてドアを開ける。ソファに背中を預けた久遠の姿を見つけたとき、思わずほっと吐息がこぼれた。

「疲れてるみたいだね」

久遠が疲労を表に出すことはない。疲れが溜《た》まると唇が荒れるので、それを見て和孝は判断する以外なかった。

和孝が最初にそれに気づいたのは、三代目の命《めい》で上海《シャンハイ》に出かけていた久遠が戻ってきた際だった。二度目は和孝が中華街から助け出された後で、もしかしたら本人は無自覚かもしれないが、唇を舐めて濡《ぬ》らす久遠を数回目にした。

そういうとき、和孝が積極的にキスしたがるのを久遠は知らないだろう。舐めて癒《いや》したいという和孝なりの気持ちの表れだった。

自身の体調はもとより、いまなにをしているか、どう思っているのか、久遠本人はほとんど口にしない。そのため和孝は、想像したり邪推したりと余計な真似《まね》をするはめになるのだ。

結局、縁談もどうなったのか聞かされないままだ。そもそも縁談が持ち上がっていることすら話してくれなかったので、結論もなにもないのだが。

「さっき戻ってきたばかりだ。事務所に顔を出して、ここに来た」

和孝は久遠に歩み寄り、ソファの横に立った。

「時間ができたなら、マンションに戻って寝なよ」

わざわざ足を運んできてくれた、その事実は単純に嬉《うれ》しい。和孝にしても、会いたくてたまらなかった。

一方で、疲れているなら休むべきだと案じる気持ちも本心からなので、つい素直でない言葉を吐いてしまう。

「俺なら、あんたの言いつけを守っていい子にしてるし」

安心していいと言外に告げる。

「そうらしいな」

ソファの背もたれに両腕をのせた久遠は、首を左右に傾けた。

「冴島先生ともうまくやっているようだし、俺が気にかけるまでもなさそうだ」

久遠にしてはめずらしくストレートな言い方だ。気遣いは伝わってきても、それをなかなか久遠が口にすることはない。

和孝は、久遠の隣に腰を下ろした。

今度は久遠も『どうした』とは聞いてこない。

「煙草《たばこ》が吸えればいいんだけど、まだ仕事中だから」

スーツに匂いが移るのを避けるため、休憩中であっても煙草は自制している。いまそれをわざわざ口にしたのは久遠のためというより、マルボロの匂いを和孝が嗅《か》ぎたいからだった。

マルボロの匂いは久遠そのものだ。その匂いを嗅ぐと、久遠が戻ってきたのだと実感できる。

ほんの少し前に帰って休めばいいと言ったのは自分なのに、いまは少しでも長く一緒にいるために久遠を引き止めにかかっていた。久しぶりに会ったのだからそれもしようがない。

「俺は、いままでになく体調は万全。夢もほとんど見ないし、前よりご飯が食べられるようになったし」

並んで腰かけ、他愛のない話をしたかった。

「『嫁いびり』の成果か」

久遠がくくと笑った。

「あー、まあ、そうだろうね。改善されなきゃ意味がないって感じ？　あんなボロい診療所だけどそこそこ患者がいるのがわかるよ。あの先生、口は悪いけどほんと聞き上手。こっちがさらっと流してほしいと思っているときは、マジで流すもんな」

ああ、と久遠が相槌を打つ。

「しかも、つくづく元気だよな。時間外でも患者を診るし、暇なら横になればいいと思うのに、なにかごそごそやってるし」

会話といっても、ほぼ一方的に和孝が近況を語るのみだが、それはいつものことだった。

この数日間、久遠がどこでなにをしていたのか聞きたい気持ちはある。跡目騒動に関しては、できれば一から十まで知りたいくらいだ。

だが、やめておいたほうがいいということもわかっていた。

冴島と久遠が出会った経緯《いきさつ》に関しても同じだ。和孝が軽々しく首を突っ込んで許されるものではない。

「それで、少しはゆっくりできる時間はできたんだ？」

和孝の問いかけに、久遠は顔をしかめる。

「まだだな。いまから本家に顔を出さなきゃいけない」

そう、と一言返した和孝の頭に、ついさっき会った同伴者の顔が浮かぶ。久遠の名前を呼び捨てにしたあの男は、いったい何者なのだろう。

「さっき出迎えた客、村川《むらかわ》さんだったんだけど」

「村川――Sfida《スフィーダ》のか？」

「その村川さん。彼が同伴してきた客が――」

彫りの深い顔立ち。不遜《ふそん》にも見える態度。ストレートな物言い。自尊心の強そうな男という印象は間違ってはいないはずだ。

「久遠さんを知ってた」

久遠の目が和孝に向く。

「俺の名前を出したのか？」

久遠が引っかかるのは当然だ。和孝も突然のことに驚いた。

「久遠って、呼び捨てで」

どういう男だったか、久遠に男の風貌《ふうぼう》を伝える。と、すぐに相手が誰かわかったようだ。久遠が眉をひそめ、指でこめかみを押さえた。

「まったく」

ため息混じりにこぼした久遠の一言に、

「知り合い？」

これ以上揉《も》め事《ごと》は勘弁してほしいと思いながら怖々と窺うと、そうだと久遠はぞんざいな返答をした。

「知り合いもなにも、俺が横浜くんだりまで行かなきゃいけなかった原因だ」

荒れた唇を舐めた久遠を前にして、自分の推察はどうやら正しかったらしいと知る。あの男は堅気ではなかったようだ。

「……不動清和会《ふどうせいわかい》の？」

久遠を呼び捨てにするくらいだから、幹部であるのは間違いない。まさか跡目候補のひとりでは――そう思うと不安はますます募る。

久遠は面倒くさそうに前髪を掻き上げつつ、ソファから腰を上げた。

「なにか言ってきても、適当にあしらえばいい。下手《へた》に近づくと痛い目に遭うぞ」

それだけ言うと、靴先をドアへ向ける。つられて和孝も立ち上がったが、久遠にかける言葉は見つからず、結局黙って見送った。荒れた唇にキスしたかったなと思いながら。

ドアを閉めると、携帯電話を手にした。なにもなくても電話してと言ったあの言葉に甘え、谷崎《たにざき》にかける。

『柚木《ゆぎ》くんから電話がかかってくるなんて感激だ』

すぐに弾んだ声が返ってきた。谷崎は相変わらずだが、調子を合わせる気にはならず、和孝は硬い口調で切り出した。

「すみません。お聞きしたいことがあって」

『いいよ』

谷崎は即座に応じる。

『俺が答えられる質問ならいいんだが』

和孝にしてもそれを願っていた。谷崎が知らないとなれば、久遠本人に聞く以外なくなる。跡目候補に挙がっているという事実すら話してくれない久遠が、果たして答えてくれるかどうか。

「植草雄悟《うえくさゆうご》と三島辰也《みしまたつや》の風貌はご存じですか」

幸運にも和孝の期待は裏切られなかった。

『国内最大の暴力団だからね。幹部の名前と顔は一応知っているよ』

和孝は逸る気持ちを抑え、同伴者の外見を並べていった。大柄な体軀《たいく》と濃い顔立ちは、不動清和会の中でも目立つ存在なのだろう。

『三島辰也だ』

細かく説明する前に谷崎がその名前を口にした。

あの男は、跡目候補だったのだ。

『なに？　会員の同伴者で来たんだ？　その会員が誰だか知らないけど、三島とは即刻手を切るべきだな。味方につけておける間はいいが、いったん仲違《なかたが》いしたら大変だぞ』

谷崎の忠告を脳に刻み込む。Sfida は企業としては信頼できるが、万一のときのために警戒しておく必要があるだろう。

『四代目にもっとも近いと言われているけどね。三島って男には、これまでにもいろんな噂が流れた。全部が全部真実ではないだろうが、それだけ突出した存在だっていうのは間違いない。久遠さんも妙な勘ぐりをされたくないから、今回、三島に呼びつけられて応じたんだろう？』

横浜くんだりまで、と久遠はこぼしていた。

「どういうひとなんですか」

久遠にはできなかった質問をぶつけると、束の間、携帯電話の向こうが静かになった。

『久遠さんと共通点はたくさんあるが、ある意味、真逆のタイプのやくざかもしれない』

谷崎の前口上を、固唾《かたず》を呑《の》んで聞く。真逆と言われればなおさら聞き漏らすわけにはいかなかった。

『初めて警察の厄介になったのは中学一年のときらしい。らしい、というのは、その前のことを誰も知らないからだ。以来、何度も危ないことをくり返して警察に目をつけられていたっていうけど、高校二年のときに傷害で少年院に入っている。その頃に結城組《ゆうきぐみ》の前組長と出会って、出所後は組に入り浸っていたという話だ。二十歳《はたち》になってすぐに盃《さかずき》を交わしている。自分の組を起《た》ち上《あ》げたのは、二十七のときだ。現在三十八歳。経歴だけを言えばばりばりの武闘派でおかしくないんだが、三島はそれ一方でもない。焦らず強《したた》かに力をつけていった、なかなか頭の切れる男だと聞いている』

谷崎の言わんとしていることが和孝にもわかった。

十代の頃からチンピラまがいだったという部分は確かに久遠とは真逆だし、焦らず強かに、という部分は共通しているのだろう。

さっきの久遠の様子からしても、三島が手強い相手だというのも容易に想像できる。

『あの男には関《かか》わらないほうがいい』

もとよりそのつもりだった。久遠にも注意されたばかりだ。

「わかってます」

もしまたBMにやってきたときは、他の同伴者に対応するのと同様、名前も素性も詮索《せんさく》しない。それを徹底するのみだ。

『できれば、いまは久遠さんにも会わないほうがいいんだが。久遠さんもまさに渦中にいるからね』

だが、この忠告には返答を躊躇《ためら》った。

谷崎は正しいのだろう。BMに顔を出した久遠が和孝を誘わなかったのも、同じ理由からかもしれない。

それでも、和孝は承諾できなかった。自分が無力だというのはわかっていても、こういうときだからこそ傍にいたいと思うのは和孝にしてみれば自然な気持ちだった。

礼を言って、谷崎との電話を終えた。

WHITE HEART

W.H.

white heart

講談社X文庫

ホワイトハートのHP

新情報から注文まで！

毎月1日更新

携帯
http://xbk.jp

PC
http://www.bookclub.kodansha.co.jp/books/x-bunko/

ホワイトハート 検索

ひとつ解決すれば、またひとつなにかが起こる。この先もそれがずっと続いていくのかと思えば、徒労感に襲われた。面倒、というのが本音だ。いっそすべて投げ出してしまえたらどんなに楽になれるか。

「……自分たちのことを誰も知らず、誰にも邪魔されない場所か」

以前谷崎の口にした言葉を思い出すと、まさにいま同じ心境に陥《おちい》っている自分に気づかされる。久遠とふたり、自分たちのことを誰も知らず、誰も邪魔してこない遠くにでも行って穏やかに暮らせたらいい。仕事も立場も捨て、誰にも居場所を伝えず、ずっとふたりきりで——その想像は、束の間、和孝の胸に甘い疼痛《とうつう》をもたらす。

現実は、不可能だとわかっていた。状況のみならず、自分たちには到底無理だ。叶わない願いだからこそ強く惹かれるのだろう。

携帯電話をデスクに置いた和孝は、馬鹿《ばか》らしいと承知でしばらくその考えに囚われていた。

4

取り立てて何事もなく数日が過ぎる。

久遠《くどう》からは電話が一本あったきりだ。その際もマンションに誘われることもなく、和孝《かずたか》はBM《ビーエム》と診療所の往復のみの日々を送っていた。

夕刻、布団を押し入れにしまい一服する和孝の耳に、いつものごとく子どもの声が聞こえてくる。ばたばたと廊下を走り回る音から判断する限り、今日の患者に医者は必要なさそうだ。

「静かにしなさい」

母親だろう、注意する女性の声に続き、

「おしっこ！」

子どもが叫ぶ。かと思えば、ばたばたと足音が近づいてきた。ひょこりと居間に顔を覗《のぞ》かせたのは、小柄な男の子だ。

開け放った襖《ふすま》越《ご》しに視線が合う。おそらく三歳か、四歳くらいだろう。薔薇色《ばらいろ》のふっくらとした頬《ほお》が愛らしい。

「誰？」

　無邪気な問いかけに煙草《たばこ》の火を消すと、和孝は居間へと移動してから居候《いそうろう》だと答えた。

「『いそおろ』ってなに？」

「えーっと、そうだな。ここの冴島《さえじま》先生に面倒見てもらっているってこと」

　その返答に興味が湧《わ》いたようだ。好奇心丸出しの目が和孝の頭の天辺《てっぺん》から足の爪先《つまさき》まで無遠慮に眺めていった。

「それ、知ってる。ぼくのお母ちゃんも前にびょういんに泊まってめんどう見てもらってた」

「へえ。そう」

　しゃがんで目線を同じにして頭を撫《な》でた和孝を、男の子はなおも不思議そうに凝視してきた。

「ぐあいが悪いの？」

　子どもながらに和孝を案じているのが伝わってくる。初めて会った相手を素直に心配できるのは、子どもだからこそだろう。じっと見つめられて、和孝は苦笑いした。

「いや。そういうわけじゃないんだけど」

　答えようはいくらもあった。適当にはぐらかすべきかと考えていた矢先、和孝の返答を待たずして男の子が和孝の腹を指差してきた。

「ぐあいが悪くないんなら、赤ちゃんが生まれたの？　ぼくのお母ちゃんも赤ちゃんが生まれたよ。『おとおと』なんだ」

　誇らしげな顔で言われ、和孝は吹き出した。まさかこうくるとは。ほほ笑ましいとは思うが、世の中無理なこともあるとそろそろ知ってもいい頃だ。

「残念だけど、男は赤ちゃんを産めないんだよ」

　和孝の言葉に、男の子が目を白黒させる。かと思えば、幼い眉間《みけん》に皺《しわ》が寄った。

「うそばっかり。だって、とおるくんは、お父ちゃんから生まれたって言ってた。お父ちゃんしかいないもん」

「あ……」

　まずいと和孝は慌てる。「とおるくん」と彼の父親の気持ちを踏みにじる権利はない。

「えっと、それは……そうだね。そういうこともあるかもしれない。うん。俺が間違ってるのかも」

　しどろもどろになりながら訂正した。不用意な言葉で彼の友人を傷つけるのは避けたかった。和孝が子どもを苦手とする理由のひとつは、こういうことがあるからだ。子どもには子どもの世界も正義も存在する。理屈が通用しない。恐ろしくてとても関《かか》わりたくないが、冴島のところにいると否応《いやおう》なしに子どもと接するはめになる。

　黒々とした瞳《ひとみ》でじっと見られて、降参した。

「ごめん……俺が、間違ってました」

謝罪すると、男の子は納得してくれたのか白い乳歯を見せてにっこり笑う。素直な反応に和孝は安堵《あんど》し、ほほ笑んでいた。

「俺にも弟がいるよ」

どうしてこんなことを言ってしまったのか。子どもの無垢《むく》な姿に誘われたのかもしれない。

「かあいい？」

くるりとした瞳で問われ、頷《うなず》いた。

「可愛《かわい》いかな。あまり会ってないけど」

あまり、なんて嘘《うそ》だ。一度も会っていない。それどころか、先日の電話も放置したままだ。かけ直す気もなかったのにその場限りの方便で逃げた。

「会ってないの？　かわいそお」

小さな手が頭にのった。髪を掻《か》き混《ま》ぜるように撫でられて、なんとも言えず甘酸《あまず》っぱい心地になる。脳裏には、写真で見た弟の顔が明瞭《めいりょう》に浮かんでいた。

「可哀相《かわいそう》？　俺が？」

「ん。お母ちゃんが、『きょおだい』はなかよくしなきゃって。親はいつかいなくなるから」

なにを言わんとしているのか、舌足らずな言葉であっても十分に伝わってくる。親は先に亡《な》くなってしまうので兄弟で助け合いなさいという親心から、母親は兄になる男の子に言って聞かせているのだろう。

子どもの言葉は純真なぶん、ずしりとこたえる。また優しく頭を撫でられて、甘酸っぱさにどこか切なさも混じる。

可哀相なのは弟だ。父と義母に対する嫌悪《けんお》から弟まで拒絶するような兄を持ってしまったのだから。駄目な兄貴ならいっそいないほうがいいのではと、そんな気がしてくる。

頭に小さな手を感じながら、送られてきた写真の中の弟を思い出す。ほとんど見ずに捨てたというのに、その姿はなぜか明瞭に記憶の襞《ひだ》に刻まれている。緊張した様子で唇を引き結んでいた弟は、和孝の子どもの頃とはちがって見えた。

和孝は母親似と言われるが、おそらく弟も義母似なのだろう。

そして、声。年齢にしては丁寧な物言いから、几帳面《きちょうめん》な性格だと想像できる。子どもの頃、和孝の気の強さと頑固さは祖父譲りだと言われていたが、弟は外見にも声にも素直さが表れている。

捻《ひね》くれ者《もの》の自分に似ていなければいい。和孝が望むのはそれだけだ。

「ありがとう」

礼を言うと、男の子はにっこりと笑った。そして、回れ右をするが早いか、来たとき同様唐突に走り去った。

どこに行ってたのと母親が叱《しか》り、男の子が「おしっこ」と答える声が聞こえた。

和孝も隣室へ戻ると、冴島が戻ってくるまで、煙草を吸いながらぼんやりと過ごす。電話をかけ直すという約束を反故《ほご》にしたままの弟のことを考えながら。

久遠の件で頭がいっぱいで、いまのいままでそんな約束をした事実すら忘れていた自分は、なんて薄情なのかと呆《あき》れる。

父親に頼まれたにしろ、自分の意思にしろ、顔も知らない兄に電話をかけるには相当の勇気がいったはずだ。

畳に胡座《あぐら》をかき、天井に立ち上る煙を眺める傍《かたわ》ら、あらゆることを考える。家を出た十七の頃から果たして自分は変わっただろうか。変わったとすればどこが変わったのか。いくら考えても答えは出ない。けれど、弟の顔と声を知ったことによって、この世に自分の兄弟がいるという事実をはっきり意識するようになった。

診療を終えた冴島が、白衣を脱ぎつつ戻ってきた。朝から働いているというのに冴島に疲れた様子はなく、その足で台所に立つ。

吸いさしの火を消し腰を上げた和孝も夕食作りを手伝う一方で、思考はなおも料理以外に向かっていた。

弟のこと、久遠のこと、両方が頭から離れない。

「集中できんようだな」

冴島の勘のよさは常からなので、ごまかさずに頷いた。

「悩みっていうんじゃないんです。というか、悩んでもしようがないし。頭の隅にずっと引っかかってるって、そんな感じです」

ふん、と冴島は野菜炒《やさいいた》めを皿に盛りつけながら、鼻で笑った。

「言っただろう。悩み事っていうのは、たいがい悩んでもしょうもないことだ。だが、そういうときにはとっておきの解決法がある」

野菜炒めの皿を卓袱台《ちゃぶだい》へ運んでいた和孝は、冴島の背を凝視した。

「解決法って、なんですか」

半信半疑で問う。冴島は背中を見せたまま、ひょいと肩をすくめた。

「いつもとちがうことをしてみればいい。それでもし失敗しても、いつもはしないからって言い訳がたつ。うまくいったらめっけものだ」

医者の言葉とも思えない。だが、冴島らしいと和孝は思う。

確かに、和孝は自尊心ばかり強くて思考が偏りがちなのかもしれない。用がないからと久遠に電話するのを躊躇《ためら》い、どうせ自分とはちがう世界だからと質問ひとつできずにいる。

弟のこともそうだ。家族と縁を切ると決めたのだからという考えに固執するあまり、連絡をする気になれないのだ。

「それができたら、もっと話は簡単なんでしょうけど」

目を伏せた和孝がこぼすと、冴島が焼き魚の皿を手に卓袱台へと歩み寄ってきた。

「おまえ、血液型はなんだ？」

「……は？」

唐突な問いに、目を白黒させる。戸惑いつつB型だと答えると、冴島は思案顔で顎《あご》をひと撫でした。

「B型なら、もっと切り替えが早くてもいいはずなんじゃが」

なんの冗談だと冴島を窺《うかが》うが、冗談ではないようで、冴島は真剣そのものだった。

「まあ、マイペースなところはB型の典型か。おまえにはちと朗《ほが》らかさが足りんがなあ」

「………」

血液型診断などナンセンスにもほどがある。

「そんなの、あてにならないでしょう」

世の中の人間が四つに分けられるなら楽だが、現実はそう単純ではない。

「なんだ。おまえ、信じてないのか。ロマンを解さぬ男よ」

まるで和孝が無粋な男とでも言いたげに聞こえる。冴島こそ、医者らしからぬ台詞《せりふ》だ。そもそも普段から小言の多い冴島にロマンだなんだと言われたところでぴんとこない。

「ロマンというのは、感情そのものだ。たまにはロマンに身を任せてみるのもいいぞ」

いったいなにを言いたいのかと冴島を見返したが、それ以上言葉を重ねるつもりはないのか、冴島は箸《はし》を取り食事に集中したようだった。

釈然としない心地で、和孝も倣《なら》う。ロマンに身を任せるってなんだよと、そう思いながら。

夕食をすませて出勤の仕度をする間も頭の隅に引っかかったままで、どうにもすっきりしないまま冴島宅を出るはめになった。

駐車場まで歩いていると、何度か顔を合わせたことのある近所の老人と会う。会釈をして通り過ぎようとした和孝に、擦れ違い様、老人が「ご苦労さま」と声をかけてきた。

「……どうも」

完全にオフ状態の和孝は咄嗟《とっさ》にどんな反応をしていいのかわからず、子どもみたいな返答をしてしまったのだが、彼は特に気にしなかった。

冴島のところに世話になってから、これまで出会わなかった類《たぐい》の人たちに接する機会が増えた。それは近所の老人だったり、親に連れてこられる子どもだったり、いろいろだ。

そのたびに、自分が狭い世界で生きてきたことを実感していた。

ＢＭは狭くて、特殊な世界だ。政治家やら会社役員やらやくざやら、普通の生活を送っていれば縁のない人間たちと日々顔を合わせている。和孝自身は普通の社会人のつもりだが、あまりにそうでない人間が周囲に多すぎて、自分を見失わないよう心がける必要があった。

それでも、その特殊な世界を和孝は気に入っている。

駐車場の前まで来たとき、はたと足を止めた。どうやら、また特殊な人間と接触するはめになったらしい。下町には場違いなスーツ姿の男を前にして顔をしかめると、和孝は頭を掻いた。

「ＢＭのマネージャーさんだな」

三十代であろう中肉中背の男は、不穏な眼光で威嚇《いかく》してくる。彼にそのつもりがなくても、和孝自身は脅《おど》されている気分になりうんざりした。

「一緒に来い」

男が路肩に停《と》めた車へと顎をしゃくる。

男の唐突な要求に、心中で舌打ちをした。名乗りもしない柄の悪い男についていく人間がいたら、会ってみたいものだ。

「そちらが何者か知らないし、俺にどんな用事があるのか、見当がつかないんですが」

和孝が臆《おく》して従うとでも思っていたらしい。冷ややかに言い放ってやると、男の眼光が険しさを増した。いまにも嚙《か》みつかんばかりに和孝へと足を踏み出したかと思えば、強い力で腕を摑《つか》んできた。

「手荒な真似をさせるな。聞きたいことがあるだけだ」

有無を言わせず腕をぐいと引っ張られ、和孝は身体《からだ》の力を抜いた。まともに抵抗しても無駄だろう。車に乗る前に隙《すき》を見て逃げ出すしかない。

「仕事があるから、三十分ですませてほしい」

そう告げて男に従う。一方で、逃げるタイミングを窺っていたが——実行するまでもなかった。

「なんだ、あんた」

低い声が割り込んできた。

救いの神だ。偶然か、それともどこかで和孝を見張っていたのかも知れないが、助かったと思わず吐息がこぼれた。

丸刈り頭に所々寸断された眉《まゆ》、目つきの悪さ、だぼだぼのスーツ。誰がどう見てもチンピラそのものだが、いまの和孝にはなにより心強い男だった。しかも、融通の利《き》かなさにかけては沢木《さわき》の右に出る者はいない。久遠の命令となれば、相手が誰であろうと沢木は屈しないだろう。

束の間、男と沢木が睨《にら》み合《あ》う。十数秒だったが、和孝には長い時間だった。

決着がついたのは、無関係の第三者が現れたからだ。近隣住人だろう彼は、一触即発のふたりを前にして驚き、困惑して足を止める。車に乗ろうと駐車場に来てみたら筋者《すじもの》と鉢合わせしてしまった彼には同情を禁じ得ない。

しかし、おかげで不穏な空気は払拭《ふっしょく》された。

先に動いたのは男だ。舌打ちをすると身を翻《ひるがえ》して車に乗り込み、そのまま走り去っていった。

和孝は、ふっと身体の緊張を緩めた。

「いいタイミング」

沢木に、ありがとうと礼を言う。

沢木は戦闘態勢こそ解いたものの、厳しい顔で和孝を睨んできた。

「誰だ、あれは」

誰なのか、和孝が聞きたいくらいだ。突然目の前に立《た》ち塞《ふさ》がられて、一時はどうなることかと焦《あせ》った。

「俺が知るわけないだろ。おまえらの同業者じゃねえの？」

ぐるりと目を回すと、和孝の適当な態度が気に入らなかったのか、沢木はなおも顔をしかめる。

いくら問われても知らないものは知らないと思いつつ、和孝は沢木の手にある紙袋に視線をやった。

「ところで、それ、郵便物？」

前回断ったはずだが、和孝の言い分に耳を傾ける気はないようだ。沢木は不機嫌さもあらわに紙袋を押しつけてくる。これ以上なにを言っても無駄と知っているので、和孝は受け取った。

「悪いな。忙しいのに」

久遠の運転手という役目は重責だ。そういう意味での労《ねぎら》いのつもりだったが、このあと思いがけない一言を聞く。

「いまは別の人間が務めてる」

沢木は、久遠の運転手である自分に誇りを持っていた。久遠への忠誠心は並大抵のものではない。だからこそ久遠も、二十歳《はたち》を過ぎたばかりの若い沢木にハンドルを任せているのだろうが――。

「もしかして、そっちも俺のために？」

和孝にひとをつけていると言った上総《かずさ》の言葉を思い出す。今回に限ったことではないので、あのときは軽く聞き流した。

「ごめん」

けれど、ことはそう単純ではなかった。少なくとも沢木には大事だ。本来の仕事を奪ってしまったうえに面倒をかけてという気持ちで謝罪した和孝に、沢木は眉間に皺を寄せる。

驚いているらしいその表情に、和孝は唇をへの字に歪《ゆが》めた。

「んだよ。俺だって悪いと思ってるんだ」

反省も学習もしない傍若無人《ぼうじゃくぶじん》な男だと思われていたらしい。確かに沢木には迷惑ばかりかけてきたので強く出られないが……悪いという気持ちはそれなりに持っている。

そもそも久遠が、なにかあるたびに沢木を駆り出すからこうなる。本来の仕事を中断せざるを得ない沢木からすれば、不満のひとつも言いたくなって当然だ。

「俺が自分から名乗り出てやってることだ」

沢木が憮然《ぶぜん》として一言そう告げる。

「……え」

意外な返答に、和孝は沢木の仏頂面《ぶっちょうづら》を窺った。沢木はそっぽを向いたまま、言葉を連ねていく。

「あのひとは、天涯孤独でハンパなチンピラだった俺の親父《おやじ》になってくれた。親父がいなかったら、俺はいま頃ムショの中だ。親が守っているものを子が守るのは当たり前だ」

「――――」

なんという強い気持ちだろうか。傾倒や心酔という一言では片づけられない。文字どおり、久遠に命を預けているのだ。いまどきこんな奴がいるなんてと驚嘆する。

「おまえ、すごいな……親を捨てた俺とは大違いだ」

なにげなく口にした和孝に、わずかな沈黙の後、もったいねえなと沢木らしい返答があった。

「守るもんがあるっていうのは、ない生活とはまるでちがう」

そして、強固な意志を示してくる。

これには和孝も同感だ。が、二十歳そこそこの沢木に言われるのは複雑な気分だった。二十五の自分は最近気づいたばかりだ。

守りたいものはある。なにも持たないときより、持っているいまのほうが精神的に充実しているのは確かだろう。

ただ、自分にとって守りたいものは肉親ではなかった。

「俺は、十七で親とは縁を切ったから」

そう言うと、沢木はふんと鼻を鳴らした。

「切れねえだろ。親子の縁が切れるわけがねえ。切ったつもりでも、いまもなんらかの繋《つな》がりがあるはずだ」

「繋がりなんて——」

もうないと反論しようとした和孝だが、先日、訪ねてきた父親のことを思い出して口ごもった。

あのときは身勝手な言い分に怒りを感じた。それと同時に、すっかり年をとっていた父親の姿に戸惑いも覚えた。その後、手紙まで送ってきた父には、なんて厚顔なのかと侮蔑《ぶべつ》の念すら湧き上がったものだ。

確かに縁は切れていない。切れていたなら、なにも感じないはずだ。弟からの電話にあれほど狼狽《ろうばい》したのも、和孝が多少なりともそういうものを引《ひ》き摺《ず》っているからだろう。

「――俺、仕事に行くから」

返答する代わりにそう告げ、沢木から離れる。自分の車のドアを開けた和孝は、背後で門番よろしく見張っている沢木を振り返った。

「そういや、沢木くんとこういう話をしたのって初めてだよな。なんだか、変な感じだ」

苦笑とともに、運転席に身を入れる。発進して、そのまま目抜き通りまで出た和孝は、時折サイドミラーで後ろにぴたりとついて走る沢木の車を確認しつつ、ＢＭに向かった。

駐車場で足止めを食《く》らったせいで十分遅れてオフィスのドアを開ける。室内へ入ったちょうどそのとき、ジャケットのポケットの中で『魔王』のメロディが鳴り始めた。

急いで電話に出ると、自分の名前を呼ぶ久遠の声が聞こえてきて、無意識のうちに和孝は息をつめていた。

『あらぎの間《ま》は空いているか』

その言葉に、いろいろな可能性を考える。久遠が予約状況を聞いてきたということは、使用したいという意味だ。しかも、ＢＭの中でもっとも上等な部屋を望むからには、同伴者は久遠にとって重要な人間にちがいない。

「ちょっと待って」

和孝は、手っ取り早く確認するためにデスクの上のパソコンを立ち上げた。

「あー……大丈夫。空いてる」

このタイミングで久遠の客となれば、真っ先に顔が浮かんだのは、三島《みしま》だ。

『九時に取ってくれ』

久遠の申し出を和孝は承諾した。久遠は、厳密に言えばBMを使える立場にはない。が、出資者であるため、何度か融通している。過去には、久遠の希望で不動清和会の幹部をもてなしたこともあった。

そのとき三島もいたはずだが、和孝の記憶には残っていない。魑魅魍魎《ちみもうりょう》同然《どうぜん》のやくざ相手に場を取り仕切るのが精一杯だった。

「同伴者は、三島さん？」

和孝の問いかけに、喉《のど》で呻《うめ》くような答えが返る。

『この機会に東京見物をすると嘯《うそぶ》いて、もう五日だ。あげく、締めくくりに俺とBMで飲みたいと言ってきた』

その口振りから察するに、三島には相当振り回されているのだろう。久遠の不満げな声など初めて耳にする。会って触れたい気持ちになるが、この状況でそれを望めば久遠の時間を奪ってしまうだけになるような気がして、和孝は言葉を呑《の》み込《こ》んだ。

「あのひと、傍若無人っぽいから大変だね」

その代わりに文句ならいくらでも聞く。そう思って水を向けたものの、久遠の口から発せられたのは三島への不平不満ではなかった。

『そっちはどうだ？』

ふと、再会して以降、久遠のこの問いかけを何度聞いただろうかと考える。口調は素っ気ないが、和孝を案じていると伝わってくる一言だ。

こんな状況のときくらい自分のことだけ考えていればいいのにと思いながら、和孝は意識的に声のトーンをやわらげた。

「相変わらずだよ。先生も口うるさいし。でも、最初の頃より小言は減ったかも」

ようするに、互いの状況を気にかけるのは、他のカップルが愛情確認をするのと同じなのだ。それは、久遠がやくざという普通とはちがう世界に身を置いている限り続く。和孝は常に久遠の無事を祈っているし、久遠は久遠で、和孝が変事に巻き込まれないよう配慮を欠かさない。

おかしなことに、自分たちは一緒にいるときより離れているときのほうが普通の恋人同士のように振る舞える。ふたりきりになればいつも味わう息苦しさも電話のみのいまはまったく感じず、顔を合わせているときより素直な気持ちになれて会話も弾んだ。

『少しは成長したってことか』

「なんだよ、少しはって。自画自賛したくなるほど清らかな生活を送っている俺に、そういうこと言う？　ていうか、確実に我慢強くなってると思う」

あえて軽々しい口調でそう言うと、久遠が笑った。

『確かに清らかだ』

含みのある言い方に、和孝も吹き出す。そういう意味ではなかったが、言われてみれば冴島に世話になって以来、禁欲的な生活を強いられている。

久遠から見えないのをいいことに指を折って数えてみて、思わず唸ったほどだ。近くにいるのにこれほど触れ合っていないなんて——。うっかり久遠のキスを思い出してしまった和孝は、慌てて振り払った。

『ついでに短気な性分も直してもらうか？』

「それ、どういう意味だよ」

即座に抗議すれば、久遠はさらりと受け流す。図らずも、久遠が和孝を『短気な性分』だと思っていると知ってしまった。

気が長いほうだとはさすがに思っていなかったものの、和孝にしてみれば、やくざに言われてもというのが本音だった。

『おまえを車に連れ込もうとした男に関しては、いま調べさせている最中だ』

沢木はもう久遠に知らせたのか。あれからまだ一時間足らずだ。

「あー……さっきは沢木くんのおかげで助かったけど、郵便物を持ってこさせるのはやめさせてくれない？　パシリにしてるみたいで厭《いや》なんだ」

木島《きじま》の組員が交代で診療所を張っていることについては納得している。いまに始まったことではないし、彼らも一応気を遣ってあからさまな真似はしない。が、運転手という仕事をおいてまで沢木が――と思えば、どうにも落ち着かなかった。

『自分で望んでやってると言わなかったか？』

「言ってたけど」

久遠のためだとわかっていても、和孝としてはどうしても居心地が悪いのだ。

『沢木がどう言ったか知らないが、おまえを案じているのは本当だ。沢木の気持ちを汲《く》んでやればいい。おまえも、いまさら他の人間より沢木のほうがいいだろう』

確かにそのとおりだ。他の組員に同じことをされてしまったら、居心地が悪いどころではすまない。沢木がどう思っているのか知らないが、和孝自身は、一本気な沢木を信頼しているし、好感も持っていた。

「――久遠さんからも、悪いって伝えておいてよ。あいつ、俺のこといまいち信じていないみたいだし」

和孝の申し出を久遠は承諾した。その後、微《かす》かに笑う声が聞こえてきた。

「なんだよ」

怪訝《けげん》に思って問えば、聞かなければよかったという返答がある。

『大人になったな。一度言い出したら聞かないおまえが、退《ひ》くことを憶《おぼ》えたか』

「は?」

あまりの言い様だ。二十五にもなって「大人になった」などと言われるとは、和孝にしてみれば衝撃的だった。

「久遠さんに比べたら、どうせ俺はガキですよ」

開き直ってそう告げ、くそっと毒づく。冴島ばかりか久遠にまでこんな扱いを受けては、文句のひとつも言いたくなる。

『そういう意味じゃないんだが』

久遠は苦笑すると、

『九時に行く』

続けてそう言った。

どうやらタイムリミットらしい。

「お待ちしています」

和孝も仕事モードに切り替え、それを最後に受話器を戻した。デスクから離れると、着替えをしながら和孝は三島について考えてみた。

三島がどういうつもりで久遠に絡むのか。その思惑はどこにあるのか。ライバルである久遠をいかにして蹴落《けお》とすか画策していると考えるのが普通だろう。自分より年齢も地位も下の男に跡目を継がせてなるものかと、久遠の弱みを探していたとしても不思議ではない。

となれば、さっき和孝を連れ出そうとした男は三島の部下だろうか。久遠の出資している店のマネージャーでプライベートでもつき合いがある相手となれば、三島が興味を抱くのも当然だ。

極道の世界は完全な縦社会だと聞く。現在、久遠が三島の要求を突っぱねられないのもそのせいにちがいない。

和孝は、姿見の中の自分を見つめながら唇を引き結んだ。

自分が久遠の弱みになるわけにはいかない。今夜、三島の前で完璧《かんぺき》なマネージャーを演じてみせると腹を括《くく》る。

両手で髪を撫でつけると、最初の客を迎えるためにオフィスを後にした。

高い天井にこだまする自身の靴音を耳にしつつ、大理石の通路を進む。玄関ホールに立つときは、たとえプライベートでなにが起こっていようともマネージャーに徹する、そう決めていた。

黙礼するサブマネージャーに頷き、津守《つもり》の開けた扉から外へと足を踏み出す。車がアプローチにやってくるまでの間、いつものように空を見上げる。冴《さ》え冴《ざ》えとした月が、蒼《あお》い光を放っていた。

アプローチの脇《わき》に植えられた樹木は、わざわざ創始者の故郷であるイギリスから運んできて移植されたものだと聞いている。この場所に立ってから、風に揺れる葉にも和孝は季節の移り変わりを感じてきた。

車が静かに停まった。

長年の会員である新聞社社長が同伴してきたのは、いまや飛ぶ鳥を落とす勢いのＩＴ企業の風雲児と称される男だった。確か、同伴者としてＢＭにやってくるのは今夜で二度目だ。

最初のときもＢＭに興味津々《きょうみしんしん》の様子だったが——そのうち会員希望の申し出があるかもしれない。

「なんだろう。ここだけまるで異世界だ」

前回同様、彼は館内に視線を巡らせながら感嘆する。彼の感想はあながち大袈裟《おおげさ》ではなかった。

普通の生活を送っている大多数の者には一生無縁な場所という意味で、ＢＭは異世界だと和孝自身は考えている。

「俺、べつに選民意識とかない人間のつもりだけど、この場所に立った瞬間だけは成功者である自分を実感するね」

誰しもがそうだ。だからこそ、ＢＭを知った者はみな会員になりたがる。そのために莫大《ばくだい》な会費を支払うことを厭《いと》わないのだ。

「――って、俺は会員じゃないんだけど」

肩をすくめた彼を、本来の客である社長がまるで我が子を窘《たしな》めるかのような視線で促す。

「どうぞごゆっくり」

案内係に従うふたりの背中が角を曲がるのを見届けて、和孝は踵《きびす》を返した。オフィスに戻るとデスクワークに没頭する。

新たな会員希望者の資料に目を通したり、スタッフの日報を読んだりしているとあっという間に時間が過ぎる。

一息ついたとき、客の到着を告げる連絡が入った。

久遠と、三島だ。

和孝は普段以上に気を張り、玄関ホールへ向かった。外へ出ると頬に触れる秋風をはっきりと感じ、そういえば今夜は雨の予報だったと、昼間携帯電話で見たネットニュースを思い出した。

空を見上げた和孝が前方へとその目を戻したとき、一台の車がアプローチに滑り込んでくる。夜の闇《やみ》から現れた黒塗りのそれは、和孝に死神の乗る馬車を想像させた。エンジン音は、静寂を破る馬の嘶《いなな》きか。

最初に久遠が降りてくる。今夜は客とスタッフだ。

「お待ちしておりました」

他の客に対するのと同じ態度で迎えた和孝は、久遠に続いて降りてくる男に意識を集中させた。

久遠もかなり威圧感はあるが、三島は口調やオーバーな仕種《しぐさ》のせいもあり久遠以上に威圧的な印象をひとに与える男だ。実際、一筋縄ではいかない男だと谷崎からも聞いている。和孝に向ける値踏みの視線を隠すつもりがないのも、三島のやり方なのだろう。

「世話になる」

そう声をかけてきた久遠に目礼すると、和孝はふたりを館内へと招いた。

玄関ホールでぐるりと視線を一周させた三島は、上等なスーツの肩をひょいと上げた。

「相変わらず上品な店だな。俺としちゃ、もうちょっと堅苦しくないほうが好みなんだが」

なあ、と同意を求められた和孝はほほ笑みで答えた。その堅苦しい店の会員になりたくてどれだけの人間が審査を待っているか、三島には想像もできないはずだ。

「なんだ。賛同してくれないのか？　隙のない女より、どっか抜けてるくらいの女のほうが可愛いのと同じだろ？」

それは単に好みの問題だと思いつつ、これにも笑みを返す。

久遠が手を焼くのも頷ける。いきなりずかずかと他人の懐《ふところ》に入ってくるようなタイプは和孝も苦手だ。

「一番いい部屋で飲ませろと言ったのは、三島さんのはずですが」

久遠が割って入る。久遠の助け舟を受けて和孝は目線で案内係に合図を送ったが、案内係の足を止めさせたのも、やはり三島だった。

「マネージャーさん、あんたが案内してくれ」

和孝をまっすぐ見つめ、三島が言う。

この申し出をされるのは、三島が初めてというわけではない。マネージャーを使いたいという心理が働くのか――ほとんどは会員ではなく同伴者だが――平然と要求してくる者がいる。

三島のそれは要望には聞こえない。こちらに辞退という選択を与えていないのだ。

「申し訳ありません。案内係がおりますので」

慇懃《いんぎん》な態度で、いったんは断る。三島のような客は、ひとつ通せば次から次に要求してくるので始末が悪い。

三島はその場に留《とど》まり、にっと厚めの上唇を捲《めく》り上《あ》げた。

「久遠がいいと言ったら、俺の要求を呑んでくれるか？」

すぐには返答せずに久遠を窺う。三島の対応には慣れているのか、

「店には店のルールがありますから」

久遠の返答は一言だった。上司である三島に対して、久遠の態度はいつもと同じだ。普段どおりの無表情でなにを考えているのか察することはできないし、特に謙《へりくだ》ったところも見られない。その事実に和孝はほっとする。跡目騒動と周囲が騒ごうと久遠が変わらずにいる限り、大丈夫だという安心感があった。

一方、三島は常識など鼻であしらう男だ。

「いやだね。久遠、おまえ、この店に出資しているっていうじゃねえか。だったら、ちっとは融通利かせろよ」

この言葉は予想の範疇《はんちゅう》だった。久遠を横浜まで呼びつけるような男が、容易《たやす》く退くとは和孝も思っていない。

「承知いたしました。私がご案内させていただきます」

目礼し、三島を二階へと促す。てっきり満足するかと思っていた三島は、胡乱《うろん》な半眼を和孝に流してきた。

なにかまだあるというのか。不審に思ったが、この程度の脅しに屈していてはBMを取り仕切れない。和孝は、三島の視線を正面から受け止めた。

久遠は黙っている。和孝の立場を尊重してくれているがゆえだ。

サブマネージャーは案じているようで、緊張感が伝わってくる。一時期和孝の警護役だった津守は、傍目《はため》からはわかりにくいが、何事か起こったときには真っ先に対処に動くつもりだろう。指先にまで力が込められていた。

三島がかっと目を剝《む》く。背筋が震えたが、おくびにも出さずに和孝は泰然とした姿勢を保ち続けた。

永遠にも思える時間が過ぎる。

「なるほど」

場の空気を変えたのは、当の三島だった。三島は愉快げに口角を上げた。

「ＢＭって店が俺にもわかってきた気がする」

どういう意図による台詞なのか知らないが、三島の態度が軟化したことにほっとする。三島は、和孝を試していたのかもしれない。

「ご案内いたします」

二階の奥まで進むと、あらぎの間のドアを開けた。

「こちらです」

三島が先に入り、その後に久遠が続く。最後に部屋に入った和孝は、ふたりが腰を下ろすのを待ってこうべを垂れた。

あらぎの間は、ＢＭでも特別の部屋だ。館が建てられた当時の調度品が完璧な状態で保たれ、見る者を圧倒する。チェストの扉を縁取る純金を使った飾り彫りや、一点ものの花瓶やグラスなど、どれも値段がつけられないものばかりだ。

「すぐに給仕の者が参ります」

その一言で半身を返そうとした和孝だが、実際はできなかった。手を掴まれたからだ。いったい今度はなんだというのだ。三島を窺ったが、

「戯《たわむ》れがすぎます」

和孝が問う前に、今度は久遠がぴしゃりと窘めた。

「三島さんがお気に召さないというなら、今夜は帰りましょう」

声音にも表情にも変化はないが、久遠が苛立《いらだ》っているのは明白だ。上役だから、けじめとして三島を立てているというのが和孝にもわかるくらいなので、三島本人には当然伝わっているだろう。

「姉ちゃんもいなけりゃ、俺を喜ばせるようなサービスはない、だったか？　ＢＭの欠点だな」

「なら、三島さん好みの店を用意させます」

三島の愚痴を一蹴し、久遠は腰を浮かせる。

三島が、それを右手ひとつで封じた。

「まあ、待て。厭《いや》なんて言ってねえだろ。おまえに酌をしてもらっても酒がまずくなるっ

ていうだけだ」

三島の視線が、ふたたび和孝へ向いた。今度はどんな難題をぶつけられるかと咄嗟に身構えた和孝だったが、

「ここはこの兄ちゃんにサービスしてもらおうじゃないか」

次の瞬間、あまりに勝手次第な要求にうんざりした。要求が増長していくという和孝の予測は早くも当たった。

「それくらい構わねえだろ？　なんなら毎晩通い詰めたっていいぞ」

三島に詰め寄られ、腹の中では苛立っていたが、和孝は厄介な客相手のみに使う笑みを浮かべて接した。

「そうしていただきたくても、会員の方でなければ通われるのは難しいでしょう」

暗に、お断りだと告げる。三島のような男を会員にすれば、これまで培《つちか》ってきたＢＭの格式を捨てるはめになる。

「なるほど。極道は久遠ひとりで間に合ってるってか？」

和孝の真意は正確に伝わったらしく、三島がその矛先を次に久遠へと向けた。

「久遠、やっぱりおまえ、この店から手を退け。代わりに俺が面倒見てやるから」

三島の我儘《わがまま》に、久遠の眉間には微かな縦皺が刻まれる。

「いいかげんにしてください」

いままでの経緯《いきさつ》から、久遠が三島に手を焼いていると察せられる。谷崎の話では頭の切れる男のはずだが、和孝の印象は『偉そうなやくざ』でしかない。

「俺は本気だ。格式高い店ってヤツを一軒くらい持っておくのもいい」

すべて計算というなら話は別だ。無謀な要求を突きつけることで、久遠に自分との立場の差を示そうというなら、三島の思惑はほぼ達成できている。

和孝は、久遠にちらりと視線を投げかけた。ほんの一瞬だったのに、三島は見逃さなかった。

「なんだ。兄ちゃん、久遠が気になるのか？」

すかさずそう横槍《よこやり》を入れられ、どきりとする。

「——ええ。うちに出資していただいておりますので」

返答が遅れてしまったことに内心で舌打ちをしつつ、可能な限り儀礼的に告げた。

三島の手から逃れようと身を退いたが、三島は放してくれるどころか、痛いほど力を込めてきた。

「だから、それを俺が代わりにしてやろうって言ってるんだ。特別手当も出してやるぞ。ん？」

言葉とともにぐいと引かれ、バランスを崩す。三島の上にほとんど乗りかかるような格好になり、反射的に起き上がろうとしたが、腰に回った腕のせいで叶わなかった。

「三島さん」

久遠の声音には、いまや明確な非難が込められている。

「ああ？」

一方で三島も、横槍を入れた久遠に不快感をあらわにする。穏やかとは言《い》い難《がた》い雰囲気に、和孝自身は緊張の糸を張り詰めた。

これまでもトラブルはあったが、それらとはまるでちがう。久遠と三島が一触即発になれば、必ず周囲が巻き込まれる。

和孝の前後で静かに火花を散らすふたりに、心臓がきゅうと縮んだ。三島の一連の行動は久遠への嫌がらせにちがいないので、穏便にすませようと和孝はタイミングを窺い、やんわりと三島を押し返した。

それは成功したかに見えたが、今度は後頭部をがしりと手で固定された。

「三……っ」

紹介を受けていない三島の名前をうっかり呼びそうになり、慌てて口を閉じる。その直後、唇に濡《ぬ》れた感触があった。

舌先でべろりと舐められたせいだと気づくと同時に、唐突に三島の手が緩む。すぐさま身を起こして三島から離れた和孝は、それが久遠のおかげだと気づいた。

「そのへんでやめてもらえませんか」

三島の手を摑んだ久遠が、低く告げる。もともときつい印象の双眸《そうぼう》は、不穏に細められたために威嚇しているかのように鋭い。

「久遠。てめえ、俺に意見しようって？」

三島にしても、格下の久遠にこんな態度に出られておとなしく退く人間ではなかった。

「図に乗るんじゃねえぞ、久遠」

久遠の手を振り払うと、空気がびりびりと震えるほどの迫力で威喝する。

トラブル慣れしているはずの和孝だったが、困惑のあまりどうすることもできない。止めなければと頭では思っていても、現実になんと言って止めればいいか、対処法がまったく思いつかないのだ。

ふたりの間ではらはらするばかりだ。

「図に乗っていないですし、意見もするつもりなど毛頭ありません。俺は、まだあなたにBMの権利を譲ったつもりはないと、そう言っているんです」

一見、喧嘩腰《けんかごし》なのは三島ひとりで、久遠は終始冷静に見える。が、表向きがそうだからと言って中身も同じとは限らない。久遠が苛立っていることは、普段よりも冷ややかに見える面差しで十分伝わってきた。

「なら、いま譲れ」

三島が命じる。

「無理ですね」

久遠の返答は単純明快だった。

「ＢＭに関しては、親父も承諾済みなので」

三代目を持ち出されては、さしもの三島もこれ以上我を通すのは難しくなった。くそっと吐き捨てると同時に、自ら臨戦態勢を解いた。解かざるを得なかったと言うべきだろう。

三代目は、不動清和会《ふどうせいわかい》の末端にまで規律を敷くほどの厳しい人間だ。たとえ幹部であろうとも、組員の勝手な行動を見過ごすはずがない。

「サービスしてくれる女がいねえから、面白くないって話だろ。冗談だ、冗談。ていうか、おまえにしちゃ、やけにムキになるじゃねえか」

三島はそう言うと、頰に揶揄《やゆ》を引っかけ、意味ありげな目を和孝に向けてくる。その程度ではもう動じるかと内心思っていると、次の瞬間、心臓が跳ね上がった。

「もっとも、そっちの兄ちゃんがおまえのイロだっていうなら話は別だが」

危うく息を呑むところだった。表面上はなんとか取り繕ったものの、三島をごまかせたかどうかとなれば自信がない。

「どうだ？　俺ならとっくに味見してるぞ」

誰でもそうだとでも言いたげに三島は断言する。

久遠は答えるまでもないという構えで、それに関していっさい反応しなかった。

和孝も久遠に倣い、ただの誘導尋問だと自身に言い聞かせながら努力して無反応を貫く。三代目の威力でとりあえず一触即発の状況は免《まぬか》れたので、この場はそれでよしとすべきだ。

「そういや、久遠」

ソファに踏《ふ》ん反《ぞ》り返った三島は、なおも意味深長に切り出してくる。

「おまえ、三代目が取り持った縁談を断ったんだって？」

意図があっての質問だろうが、こっちには和孝を動揺させる威力はなかった。なぜなら、久遠が縁談を断ったという事実をたったいま知ったからだ。

反して、久遠は眉をひそめた。

「なんだ。言っちゃならねえことを言っちまったか？」

そう茶化す三島に、いささか食傷した様子でかぶりを振る。

「相手は高校生です。三島さんがどうだか知りませんが、生憎《あいにく》と俺にはそういう趣味はありません」

久遠の異論に、三島は鼻で笑った。

「おまえがそんなタマかよ」

そう言い放つと、煙草を銜《くわ》える。どうやらやっと本来の仕事に戻れそうだ。

「どうぞごゆっくり」

その一言とともにあらぎの間を辞した和孝だったが、

「俺はともかく植草《うえくさ》には気をつけたほうがいい」

出ていく間際、三島の口にした一言が耳にこびりついた。

植草というのは、跡目候補のうちのひとりである植草雄悟《ゆうご》のことにちがいない。

三島に舐められた唇が不快で、オフィスまで待てずにポケットからハンカチを出して拭《ふ》きつつ、どういう意味だろうかと思考を巡らせる。

三島より、植草のほうが久遠には危険ということか。いや、三島の言葉を鵜呑《うの》みにするわけにはいかない。久遠を邪魔に思っているという点では三島も植草も同等のはずだ。それとも植草には他になにかあるのか。

あれこれ考えながらオフィスに帰りついた和孝を、携帯電話の着メロが迎え入れた。デスクの上の携帯を手に取り、かけてきた相手を知った和孝は躊躇《ちゅうちょ》した。

番号に見憶えがあった。かけ直すと約束をしておきながら、いまだ放置したままの——弟だった。痺《しび》れを切らしてかけてきたようだ。

唇を引き結んだ和孝は、意を決して通話ボタンを押した。

『お……お兄さん、ですか』

前回と同じフレーズだ。何度耳にしても慣れず、緊張する。

「……悪かった。電話するって約束してたのに」

『それは、いいんです……ごめんなさい……また、電話して』

弟の声が、弱々しく掠《かす》れた。先日とは明らかに様子がちがう。

「なにか、あったのか?」

和孝がそう問うと、なおも声はか細く震えた。きっと何事かあったのだ。

『ごめんなさい……迷惑、かけちゃいけないって、わかってるけど』

弟はなかなか本題に入ろうとしない。小学生のくせに和孝への気遣いと遠慮が伝わってくる。

「それはいいから、なにか困っているなら言って」

再度促せば、携帯電話の向こうでひくりと喉の鳴る音がした。

『僕……迷ってしまって……お兄さんに会いたくて電車に乗ったんだけど、降りる駅を間違えたみたいで……』

「――――」

すぐには返答できなかった。まさか弟が自分に会いに来ようとするなんて、考えもしなかった。

耳を澄ますと携帯電話の向こうの喧騒が微かに伝わってくる。それに混じって、奇声や若者らしきグループの笑い声が耳に届いた。

『ごめ……なさい……僕』

涙声で謝ってくる弟に、罪悪感が湧き上がる。

すべては約束を破ってしまった和孝のせいだ。弟がどんな気持ちで電話をかけてきたのか、まるで考えなかった。父親にでも頼まれたのだろうと決めつけることで、弟との接触を避けようとしたのだ。

「大丈夫。俺が迎えに行ってやるから。近くになにがあるか、言える?」

和孝の問いかけに、弟は洟《はな》をすすった。

『近くに……銀行』

ともすれば背後の喧騒に掻き消えそうなほど頼りない声に、和孝は懸命に耳を傾ける。

「銀行の他には?」

どんなに礼儀正しくしっかりしていても、小学生だ。知らない場所で迷って、どれほど心細いか。それを思えば仕事中だとか言ってはいられず、弟に話しかけながらデスクの上の電話に手を伸ばした。

「ちょっと待ってて。このまま切らずに。ちょっとだけだから」

弟にそう言い、いったん会話を中断する。代わりに受話器を耳に当てると、コール数回の後、宮原《みやはら》が電話口に出てきた。

『もしもし。柚木《ゆぎ》くん、なにかあった?』

和孝から宮原に電話するのはめずらしい。それゆえ、この言葉になるのだ。

「すみません。じつは、急用ができて――」

和孝は用意していた言葉を途中で切った。この件に関しては「急用」なんて曖昧な言葉でごまかしたくなかった。

「弟が、俺に会いに来ようとしたみたいなんですが、迷子になって連絡してきたんです。それで、迎えに行ってやりたくて、この後の仕事を宮原さんにお願いできないかと電話させてもらいました」

他の人間に迎えを頼む気にはなれないのだ。弟が電話をかけてきたのだから、和孝自身が行きたい、そう思った。

『え。大変じゃない。すぐ行ってあげて。後のことは僕がちゃんとやっておくから』

和孝の我が儘を、宮原は快諾してくれた。宮原との引き継ぎを終えた和孝は、スーツの上からジャケットを羽織《はお》ってオフィスを出る。

「だいたい場所はわかったから。三十分くらい待てるかな」

足早に駐車場へ向かいながら携帯電話に向かって話しかけると、弟は小さな声で「うん」と答えた。

『……ごめ、なさい』

「謝ることないから。俺こそ、電話するって約束したのに、しなくて悪かった」

励ます意味で、ことさら明るく口にする。少しは役に立ったのか、弟の乱れていた呼吸が徐々に落ち着いてくる。

ほっとして裏口から外へ出ると、和孝は車に飛び乗った。エンジンをかけ、アクセルを踏み、目星をつけた場所へと急ぐ。

「電話、切っても平気?」

弟が望めばそのまま通話を続けるつもりだったが、それよりも運転に集中したほうが早く捜し出せると思った。

和孝の問いかけに、

『平気』

弟はしっかりと答えた。どうやら大丈夫そうだ。

「うん。じゃあ、切るから、待っててな」

携帯電話を助手席へ放り投げると、あとはひたすら弟のいる場所を目指す。夜中とはいえ目抜き通りは混んでいて、すぐに約束の三十分が過ぎて、和孝を苛立たせた。

駅通りから横道に入る。銀行、コンビニ、デパート——弟が教えてくれた目印が見えてくる。

「エステの看板……」

和孝は徐行し、路肩に停車した。

運転席を飛び出し、街灯を頼りに目を凝らす。保険会社のビルが見つかり、その正面玄関の隅っこに蹲《うずくま》る小さな影を見つけた。

「孝弘《たかひろ》！」

和孝の呼びかけに、弟――孝弘が顔を上げた。駆け寄ると、立ち上がって和孝を見上げた孝弘の目から、大粒の涙がこぼれ落ちてきた。

「ごめん……なさ……っ」

ずっと我慢していたのだろう。大丈夫と言いつつ、頼みの綱の電話を切ったことでまたどれほど不安になったか。気が緩み、泣いてしまうのは当然だ。

「僕……僕……」

必死で言葉を紡《つむ》ごうとする孝弘の頭を、和孝は衝動的に抱き寄せていた。

「よかった。会えて」

無事な姿を見れば、心から安堵する。同時に、和孝は自分が思っていた以上に緊張していたのだと気づいた。

手のひらに伝わってくる確かな体温に、自分の鼓動の速さを実感する。背中にうっすら滲《にじ》んだ汗が、ほっとしたいま冷たく感じられた。

「送っていくから、車の中でうちのひとに電話したらいい」

そう言って弟の頭から手を離す。孝弘は素直に頷いた。涙に濡れた幼い顔を前にして、和孝は自分の中に芽生えていく未知の感覚に気づいていた。

弟という思いはないはずだった。けれど、胸に広がるどこか甘い疼《うず》きは、他の誰に対するものともちがう感覚だ。

手のひらには孝弘の髪の感触がはっきりと残っていて、それも和孝をなんとも言えず甘ったるい気持ちにさせるのだ。

小さな背中を助手席へと促す。車に戻ってティッシュを手渡すと、孝弘はごしごしと拭いた。ほほ笑ましい横顔を尻目《しりめ》に発進した。

孝弘の面差しは写真で見たとおりだ。まっすぐな黒髪、大きな二重《ふたえ》の目と小振りな鼻、尖《とが》った上唇が可愛い。泣いたせいだろう、ふっくらとした頰には赤みが差している。

一方で、不思議な感じがした。

十八も離れた弟が同じ空間にいる、それ自体が嘘のようだった。

孝弘は大腿《だいたい》に両手を置いて、姿勢よく座っている。

「家に、電話しようか」

和孝が促すと、ひとつ頷き携帯電話を手に取った。ややあって、心配していたのだろう、和孝の耳にも父親の荒らげた声が聞こえてきた。

「ごめんなさい。どうしても、お兄さんに会いたくて……」

孝弘の説明に、なおも父親は声を荒らげる。どうやら、ひとりで勝手にいなくなったことを責めているようだ。

「でも……僕……」

孝弘が口を挟む間もないほど捲《ま》くし立《た》てている父親に、痺れを切らしたのは和孝だ。孝弘に手を差し出すと、携帯電話を奪い取った。

「俺が送っていく。叱らないでやってくれ」

その一言のみで携帯を孝弘に戻す。父親の返答は不要だった。

「うん――ちゃんと、会えた。いま、車の中」

孝弘は小さな声でそう言い、最後にまた謝って父親との電話を終えた。

「お父さん、警察に電話したって。僕、なにも言わないで出てきたから、怒ってた」

夜になっても子どもが戻ってこなかったなら、警察に連絡するのは当然だった。

もっとも、それは幼いうちだけだ。そのうち忠告のみになり、帰ってこないことに慣れるとその忠告もなくなる。顔を合わせないことが普通で、たまに鉢合わせしても互いに知らん顔を決め込む。

和孝が家出をする前は、父親はすでに和孝を持て余していた。だからこそ、留学でもさせようという義母の提案をあっさり受け入れたのだ。

「お兄さんは……お父さんを恨んでますか」

か細い声での唐突な質問に、はたと我に返る。苦い記憶をよみがえらせていた和孝は、すぐには返答できずに口ごもった。

隣に座っている孝弘を窺うと、孝弘はいまだ濡れた睫毛《まつげ》を瞬《また》かせながら、和孝の返事を待って身を硬くしていた。

「お父さんが、前に言ってたから。お兄さんには悪いことをしたって。恨まれてもしようがないって、悲しそうだった」

「…………」

なにを言ってるんだ、と父親の浅慮な言動に嫌気が差す。どういう経緯で孝弘とそんな話をしたのかはさておき、子どもに話していいことではない。どこまで愚かなのかと不快感すら湧く。

「『うちのひと』って……」

ぽつりとこぼした孝弘が、大腿に置いた小さな手を握り締めた。

「お兄さんも、お父さんとお母さんのこと、『うちのひと』って言った」

膝《ひざ》に落とした声には不安が滲んでいる。孝弘を不安にさせているのは、父親ではなく、和孝自身だと気づく。

「……それは」

言い訳をしようと口を開いたが、なにも言葉が浮かんでこなかった。耳が痛い。父親ばかりを責められないと思い知らされた一言だった。

「僕……仲直りしてくれたらと思って……でも、どうしたらいいのかわからなくて……お兄さんに会いたくなったから」

浅はかなのは、父親だけではない。和孝もだ。孝弘は、幼いながらも反目し合う父親と兄に心を痛めているのだろう。

孝弘を不憫《ふびん》に思う気持ちはある。自分さえ折れて、過去を水に流せればすべて丸く収まるというのもわかっている。

しかし、どうしても記憶が邪魔をするのだ。

若い後添いをもらった事実に対しては、当時から仕方のないことだという認識だった。和孝ですら母親の記憶は薄れていたし、父親の再婚を邪魔するような年齢でもなかった。けれど、最初から我が物顔で家に入ってきた義母は和孝を邪険に扱った。そればかりか父親が忙しいのをいいことに浪費を重ね、どこで知り合ったのか柄の悪い男ともつき合いがあった。

小金を持っている義母をやくざが口説いている場面に出くわしたこともある。あのときは、義母とやくざは特別な関係だと決めつけ嫌悪していたが、冷静に考えてみれば、そういう関係になかったからやくざは口説いていたのだろう。

だからといって義母に対する嫌悪感は少しも薄らがない。義母は、勝手に母の遺品を処分してしまった。唯一残したエメラルドのリングを指にしているところを見た瞬間、義母への怒りがこみ上げ、一生許さないと決めた。

いま思い返してみても腹立たしい。病気になり、自分が気弱になったせいでいまさら謝りたいと言われても、受け入れる気には到底なれなかった。

義母に好き勝手をさせていた時点で、和孝にとっては父親も同罪だ。

和孝は、息をついた。

「孝弘くん、お父さんとお母さん、好きか？」

この問いかけに孝弘は目を丸くする。その後、首を縦に振った。

「どっちが好き？」

これには、真剣な顔で悩み始める。

和孝は苦笑した。

「選べるわけないよな」

孝弘にとってはどちらも大事な親。親を思う孝弘の気持ちが伝わってくる。幸せじゃないかと、声には出さずに呟《つぶや》いた。

二度目の子育てに成功し、家庭もうまくいっている。父親としてはこれ以上望むことはないはずだ。自分のことなどさっさと忘れてしまえばいい。それが、和孝の本音だった。

「お兄さんは？」

そう聞かれて、ちらりと助手席へ横目をやる。大きなふたつの目が和孝をじっと見つめていて、その真摯《しんし》なまなざしにどきりとした。

「好きなひと、いますか」

「——」

まさかこうくるとは。

これには自嘲《じちょう》せずにはいられなかった。本来なら、父親と母親どっちが好きなのかと聞きたかっただろうに、兄と両親との確執を肌で感じ取ってきた孝弘だから、あえて「好きなひと」という聞き方をするのだ。

「ああ、いるよ」

苦い気持ちで、せめてもと真面目《まじめ》に答える。真っ先に頭に浮かんだ男の顔に、心中で苦笑した。

「たくさんの好きなひとに支えられてる。そのひとたちがいなかったら、俺なんてまともに生きられたかどうかもわからないくらいだ」

久遠。宮原。聡《さとし》。津守やBMのスタッフ。

そういう意味で幸運だったのだと思っている。いまの自分がいるのは、手を差し伸べてくれたひとがいたからだ。

扱いにくい人間だろう和孝によく呆れもせずつき合ってくれると、彼らには感謝の念が湧き上がった。

「なあ、そんな堅苦しい喋り方しなくていいよ」

和孝がそう言うと、孝弘は戸惑いに唇を結んだ。その姿ひとつにも孝弘の素直さが現れていて、和孝は目を細める。

「他人じゃないんだからさ」

兄弟という感覚は、じつのところまだ薄い。年齢が離れすぎているし、なにより初対面だ。きっとそれは、孝弘にしても同じだろう。

それでも、「お兄さん」と勇気を出して口にしている孝弘を思えば、兄である和孝が意地を張っている場合ではない。親との確執はどうあれ、孝弘にはなんの罪もないのだ。

「……うん」

頷いた孝弘の頬がほんのり染まる。その嬉しそうな顔を尻目に、どこかくすぐったい心地になっていた。

赤信号で停まる。久しぶりに訪れた街並みを車窓から目にして、和孝は深く息をついた。

最後に実家の敷居を跨《また》いだのは、大学を卒業したときだ。もう二度と帰らないつもりだったので、自分の部屋の荷物を処分するためだった。

街の景色はあのときとほとんど変わらない。右手にあるカフェ、その隣には海外雑貨を扱っているショップ。ちがうのは、向かいにあった居酒屋がコンビニになっていることくらいだろうか。

信号が青になり、和孝はハンドルを切った。右折すればすぐに店の看板が見えてくる。その傍にはふたつの人影があり、右往左往している様子が見てとれた。

徐行して路地を進み、車を停めた。

ドアを開ける前に、影は転がるような勢いで走り寄ってくる。和孝は一瞬迷ったが、孝弘と目を合わせると、ドアレバーに手をかけた。

ドアを開け、車から降りる。くしゃりと顔を歪めた父親を見ないようにして、助手席へと回り込んだ。

おずおずと車を降りた孝弘に、ほほ笑みかける。

「ちゃんと謝ってな」

和孝の言葉に頷いた孝弘の背中を、励ます意味でぽんと押す。両親のところへ歩いていった孝弘は、ふたりに向かって頭を下げた。

「ごめ……んなさい」

えらいぞ、と和孝は心中で称《たた》える。素直で勇気がある弟の姿は頼もしく見える。

「黙って出ていったら心配するでしょう！」

息子を前にして気が緩んだらしい、義母の叱責《しっせき》する声は細かく震えていた。自分の産んだ息子にはちゃんと愛情を持って接することができるようだ。案外まともだったかと、妙な感慨を覚えた。

だが、居心地は悪い。怒りや恨みを脇においても、家族の姿というものは苦手だ。つくづく自分はそういうものに縁が薄いのだと思う。

三人を前にして、まるでテレビドラマか映画でも観《み》ているような気分だった。寄り添う姿は感動の場面だ。けれど、そこに自分が入ることはけっしてない。

「和孝」

父親が振り返る。一歩足を踏み出して距離を縮めてきた。反射的に身構えた和孝だが、精一杯の忍耐力を掻き集めてその場に留まった。

「ありがとう。仕事があったろうに、面倒をかけたな」

こうべを垂れる父親に、いやと歯切れの悪い返答をする。先日顔を合わせた際は突然だったし、怒りのせいでまともに話さなかったので、いま父親を前にしても年を取ったなと前回と同じ感想を抱く。

「じゃあ、俺はこれで……」

身の置きどころに困り、早々に退散しようと半身を退いたとき、再度父親が和孝を呼んだ。

「家に入らないか。おまえの部屋は、そのままにしてある」

どうやら本気らしい。和孝を凝視してくるその双眸は真剣そのものだ。

「――」

家も父親も、和孝には居心地の悪いものでしかない。父親が真剣になればなるほど、自分のいるべき場所に戻りたくなる。

即答を避けた和孝は、父親に向けた視線を、次には義母に肩を抱かれた孝弘へと向けた。

孝弘は可愛い。和孝にとっては特別な子どもだ。優しい孝弘のことだから、みなで仲良くしたいと望んでいるのだろう。

診療所に来た子どもに「可哀相」だと言われたことや、冴島の言った縁という言葉が頭をよぎる。

父親に視線を戻した和孝は、結局、首を左右に振った。

「やめておく。仕事に戻らなきゃならないし」

街灯に照らされた父親の顔に、あからさまな落胆が浮かんだ。

「……そうか」

長年のわだかまりはそう容易く拭《ぬぐ》えるものではない。弟の存在がなければ、いま、こうしてこの場にいることもなかった。

一方で、自分に会うためだけに電車に乗った弟に対して兄としてなにか返したいと思う気持ちはあった。

「手術、するんだって？」

和孝のこの言葉がよほど意外だったのか、父親が目を見開き、息を呑む。

義母は、明白な動揺を示した。

「あ、ああ。その予定になってはいるが」

父親は、なにか訴えかけるようなまなざしを和孝へ投げかけてきた。弱気になっている義母が手術を渋っているというのは本当らしい。

和孝は、初めて義母に目をやった。

義母は、和孝の知る彼女とは変わっていた。ブランドもので着飾り、濃い化粧をしていた当時の義母からは想像もできないほど普通の母親に見える。清楚《せいそ》な衣服をまとった彼女は、どこにでもいる母親だ。和孝が憎んでいた彼女とは別人になっていた。

「――大変だろうけど、養生して」

たった一言口にする。和孝には相当の努力が必要な一言だった。本心は、義母が手術しようがすまいが勝手にすればいい、そう思っているが、弟のことを考えれば養生してほしいという気持ちに嘘はなかった。

「あ……ありがとう」

父親が表情をやわらげる。

「ありがとう、和孝。ありがとう」

上擦《うわず》った声で何度も礼を言われ、複雑な心境で和孝は踵を返した。

車に乗り込む間際だ。父親のものとはちがうか細い泣き声を背中で聞いた。義母の礼など不要だし、泣き顔はなおごめんだったので、和孝は振り返らず、返事もせずに車に乗り込んだ。

「お兄さん」

ドアを閉めようとしたとき、孝弘が駆け寄ってくる。

「また会える？」

息を弾ませ、不安げに瞳を揺らす姿を前にして、拒絶できる人間がいたら会ってみたいものだ。和孝の返答は決まっていた。

「次は、きっと俺から電話するよ」

孝弘の顔に喜びが浮かぶ。小さな頭を撫でてから、和孝はドアを閉めるとアクセルを踏んだ。

父親の、義母の顔など一生見るものかと思ってきた。少なくとも自分から声をかけることはないと決めていた。

それがまさか、養生してなんて言葉をかけるとは。

けれど、不思議と厭《いや》な気分ではない。きっと孝弘のおかげだろう。薄情な自分であっても、孝弘には特別な感情がある。

「――会いたいな」

ふと、久遠の顔がむしょうに見たくなった。あの腕に抱かれて、マルボロの匂《にお》いを嗅《か》ぎたかった。

帰路を急ぐ間、和孝はずっと久遠を想《おも》っていた。

5

表面上は穏やかな日々が過ぎていった。三島《みしま》はおとなしく横浜《よこはま》に帰ったのか、あれから姿を見せない。久遠《くどう》からも音沙汰《おとさた》なしの状態だ。

電話一本寄越《よこ》さないくらいなので、よほど忙しいのだろう。そう思えば、和孝《かずたか》から連絡するのも憚《はばか》られた。

和孝の身辺は穏やかなものだ。BM《ビーエム》と冴島《さえじま》の診療所との往復で一日が終わる。

その一方で、孝弘《たかひろ》からの電話で宮原《みやはら》に仕事を預けたため、三島と久遠がどんな様子だったのか宮原は何も口にしない。

おまえのイロだっていうなら、と三島に言われたとき、どきりとした。あれは冗談だったのか、それとも単なる勘か。あるいは誘導目的だったのか。三島という男がどんな人間なのか得体が知れない以上、気を揉《も》んでもどうしようもないが、ずっと頭の隅に引っかかっているのだ。

仕事が終わり、帰り支度をしていた和孝のオフィスに宮原が訪ねてくる。

「よかった。まだいたんだね」

ここのところよく顔を出すのは、久遠の一件で和孝を案じてくれているからだ。

「じつは、柚木《ゆぎ》くんにお願いがあるんだ」

宮原のお願いなどめずらしい。というよりも初めてのことだった。

「俺にできることならなんでも」

もとより多少の無理はするつもりでそう答えると、宮原は思ってもいなかった名前を口にした。

「冴島先生のことなんだけど」

冴島？　冴島がどうしたというのか。

「聞いたよ。久遠さんだけじゃなく、谷崎《たにざき》さんも訪ねていったんだってね。ずるい。僕も行きたいって言ったのに」

「……え」

よもやこんな「お願い」だとは思わず、和孝は宮原を見つめる。

「宮原さん？」

戸惑う和孝に、当の宮原は子どもっぽい仕種《しぐさ》で唇を突き出した。

「谷崎さんから聞いたんだ。住みたくなるほど居心地《いごこち》がよかったって、彼、自慢げに話していた」

「……自慢って」

確かに、懐《なつ》かしさの漂う界隈《かいわい》は穏やかな気持ちにさせてくれる。ゆったりとしたペースで時間が流れていき、携帯電話のアラームではなく子どもの声で起こされる毎日も、慣れれば心地よかった。

とはいえ、意気込んでいた和孝にしてみれば、そんなことかと拍子抜《ひょうしぬ》けする「お願い」だ。確かに「いいなあ」とは言われていたが。

「あ——もしかして駄目？」

宮原が上目遣いで聞いてくる。

いえ、とかぶりを振れば、途端にその目が輝いた。

「ほんと！　よかった。じゃあ、決まり。今日は柚木くんと一緒に帰ろう」

まさに遠足前の小学生さながらにわくわくした様子の宮原を見れば、和孝も肩の力が抜けて思わず頬《ほお》が緩む。

身辺にごたごたが続いたので最初はなにを言われるかと身構えたが、本来、宮原も自分もこういうペースでやってきたのだ。仕事上で多少のトラブルはあっても、不安になったり恐れたりするほどのものではなかった。

それに、宮原が来てくれるなら、久遠からの連絡を待ち続けている和孝にとってもいい気晴らしになる。

「俺の味噌汁《みそしる》、結構うまいですよ」

親指を立ててそう言うと、宮原が驚きの表情で両手を合わせる。

「すごい。柚木くん、お味噌汁作れるんだ」

「できますよ」

正確にはできるようになった、だ。先日冴島に合格点をもらって以来失敗知らずで、ようやく和孝にも沸騰させてはいけないという意味が理解できるようになった。卵焼きもそのうちとは思っているが、こちらはなかなかハードルが高い。

「愉《たの》しみだなあ。柚木くんのお味噌汁」

期待に満ちた様子の宮原を前にして、和孝は、一度唇を結んだ。先日、仕事を抜けた経《いき》緯《さつ》があるので、宮原には弟のことを話しておこうと考えたのだ。

「あの時は、本当にすみませんでした。おかげで弟を無事に送り届けられました」

硬い口調で切り出した和孝に、宮原はにこやかに頷《うなず》く。

「何度も言わなくていいよ。弟さん、柚木くんに来てもらって、喜んでくれたんでしょう？」

「はい」

弟を思い出せば、自然に顔が綻《ほころ》ぶ。泣き顔も笑顔も、不安げな顔も、すべて瞼《まぶた》の裏に焼きついていた。他の誰でもこうはならない。

「可愛《かわい》いじゃない。よほどお兄ちゃんに会いたかったんだね」

宮原の言葉に、和孝は同意した。

「ええ。可愛い子なんです」

　普通の兄なら、実弟を「可愛い子」とは言わないのかもしれない。が、和孝にはそれが一番弟への気持ちを表すのにふさわしい言葉だった。

　この世の誰よりいじらしく、可愛い子なのだ。

「一瞬ですが、両親にも会いました」

　そう言いつつ、目を落とす。これに関しては複雑な感情が渦巻いて素直には語れない。

「そうなんだ」

　宮原は笑みを深くした。

「元気だった？」

「はい」

「元気なのが、なによりだね」

　交わした会話はこれだけだ。それでも、宮原に打ち明けることで肩の荷がひとつ下りたような気分になった。

　ともにオフィスを出る。ドアの外には例のごとく津守《つもり》が待っていて、和孝と宮原を見ると壁から背中を離した。

　労《ねぎら》いの言葉を掛け合い、今日は駐車場までの数分間を三人で歩く。

「そういえば津守くんは自炊だよね」

宮原が水を向ける。

「ええ。外食ばかりだとどうしても偏るんで、自分で作るようにしています」

津守は当然だと言わんばかりの返答をした。

「そういうところ本当にすごい」

さらりと肯定できる津守には尊敬すらする。そこそこ料理ができるようになったとはいえ、味噌汁と不格好な卵焼き、その程度だ。自炊をしている津守とは比較にならない。それに、いまは冴島に強制されるからなんとかやるのであって、自宅へ戻ってひとりになればまた元の木阿弥《もくあみ》になる可能性は大きい。

「だよね。料理ができるって羨《うらや》ましい。僕なんて包丁握ったことないよ」

宮原はなんでもそつなくこなすし、動きや仕種が繊細だ。反面、料理と宮原が結びつかないのも事実だった。宮原の出自を聞いてしまったせいもあるだろう。家事に勤《いそ》しむ姿がなかなか想像できない。

「あ、でもこの前ホットサンドごちそうしてもらいましたよ？」

久々の洋食という部分を除いても、おいしいホットサンドだった。

「あれは包丁使わずにできるんだ。すごく簡単なんだよ。柚木くんも料理できない仲間だと思ってたから、そういう意味では愉しみだな」

これには苦笑いを返す。和孝自身、冴島に世話になると決めたときには、よもや自分がひとに手料理を振る舞うことになろうとは思いも寄らなかった。

久遠と――今日は宮原だ。

今度こそ、うまく作れるようになった味噌汁を久遠に勧めてみようか。などと考える自分にも驚く。ちょっとした気持ちの変化は、やはり冴島のおかげだ。ともすれば、片脚どころか腰まで裏の世界に浸《つ》かってしまいそうな和孝だが、冴島の顔を見るとあっという間に健全な生活へと引き戻される。

裏稼業の人間とつき合いながらけっして自分のスタイルを崩さない冴島は、いまや和孝の手本といってもよかった。

三人で館外へと出て、ゆっくりと明らむ空を眺めつつそれぞれの車に乗り込む。和孝の後ろを、宮原が自分の車でついてきた。

宮原を招いたと冴島に連絡しそびれたが、おそらく大丈夫だろうと判断する。常に患者が出入りしているためか、冴島は急な客の対応には慣れている。

一時間ほどで駐車場に車を突っ込み、そこからの数分は徒歩で診療所を目指す。下町の雰囲気がめずらしいのか、宮原はきょろきょろして、早朝ウォーキングに興じているひとや、朝刊を取りに玄関へ顔を覗かせたひとにまで愛嬌《あいきょう》を振りまいていた。

「おお」

古い門をくぐる宮原が声を上げる。その気持ちは和孝にも理解できた。ずっとマンション暮らしだと、木造家屋の並ぶ住宅地はめずらしいし、中でも冴島宅は、まるで昭和《しょうわ》の風景さながらだ。

中央に延びる玄関までの短い石畳を歩く間、宮原は感嘆の吐息を幾度もこぼし、格子戸《こうしど》を開けたときには子どもみたいにはしゃいでいた。

「柚木くん、柚木くん。この匂《にお》い」

冴島の家は、常に木と消毒薬の混じった匂いが漂っている。居住スペースの中に診療所がある造りは現代にはめずらしく、いまではすっかり慣れてしまったが、和孝も最初は独特の匂いを感じたものだ。

台所と居間、襖《ふすま》を開ければ和孝が使っている和室までがひと続きになる構造すら、慣れれば意外に便利と感じるようになった。

「診療所があるんですよ」

待合室兼廊下を進み、居間へ顔を覗かせる。

すでに冴島は、普段着として愛用している作務衣《さむえ》に身を包み、台所に立っていた。

「ただいま帰りました」

「おう、おかえり」

ちらりと肩越しに視線を投げかけた冴島が、宮原の姿を認めて葱《ねぎ》を刻んでいた手を止める。

「え……っと」

宮原を紹介しようとした和孝だが、そうする前に本人が笑顔で一歩前に進み出た。

「お邪魔します。柚木くんと同じ職場の宮原と申します。今日は一緒に朝食をいただきたくて押しかけてしまいました」

にこにことと語る宮原に、冴島はたいして驚いた様子はない。いらっしゃい、といつもどおりのテンションで挨拶《あいさつ》をすると、包丁を置いて宮原に一礼した。

「冴島です。いつもこの坊主《ぼうず》がお世話になっています」

「いえいえ」

と、宮原も丁寧に頭を下げる。

「お世話になっているのは僕のほうです。柚木くん、とても優秀なんですよ。頼りになります」

冴島が、芝居がかった様子で目を瞬《またた》かせた。

「本当ですか。この不器用な坊主が少しは役に立っておるんでしょうかね」

ふたりを前にして、和孝自身は居たたまれない心地になった。現時点でもっとも世話になっているふたりだ。なにを言われても反論できないので、その前に間に割って入る。

「宮原さんはそこに座ってください。あ、今日の味噌汁の具はなんにします?」

宮原に卓袱台《ちゃぶだい》を勧め、和孝自身はジャケットを脱ぐと、シャツの袖《そで》を捲《まく》って冴島の隣に立った。卓袱台で正座する宮原を目の隅で確認しながら手を洗う。

「大根と菜っ葉だが――わかめも入れるか」

すでに大根と青菜は適当な大きさにカットされている。前日から煮干しで出汁《だし》をとっておいた鍋《なべ》を弱火にかけ、沸騰したところで取り出した。

大根を放り込むと、その間に用意しておいた溶き卵で、卵焼き作りに取りかかった。

「そこそこ見られるようになったじゃないか」

手際《てぎわ》のことを言っているようだ。鮭《さけ》を焼いている冴島が、横目を流してきた。

「うわ、雹《ひょう》でも降るんじゃないですかね」

冴島の口から誉《ほ》め言葉《ことば》が出るなんて、と和孝は大袈裟《おおげさ》に驚いてみせた。坊主、坊主と言っていまだ名前を呼んでくれない冴島への皮肉もあったが、実際、これまで一度として誉められた記憶はない。

「まったく」

それに対して、冴島はあからさまにため息をこぼす。

「ああ言えばこう言う。本当に口だけは一人前だからな。誉められたら喜べばいい。おまえには、そういう素直さが足りん」

宮原の前であってもお構いなしだ。普段同様、歯に衣着《きぬき》せぬ忠告を浴びせられ、和孝は顔をしかめた。

口が達者なことにかけては先生の足許《あしもと》にも及びませんよ、と言い返したかったが、途中で思い直す。前例を思い出してみれば、発言が藪蛇《やぶへび》になるのは目に見えていた。

ふ、と冴島が鼻先で笑った。

「学習したようだな」

「………」

勝ち誇ったような視線に、舌打ちをする。

どう足掻《あが》いてもこの爺《じい》さんには敵《かな》わない。和孝の思考などお見通しだ。己の我慢強さを胸中で自画自賛しつつ黙々と準備をしていき、十分後には三人で卓袱台を囲んだ。

「わ、ご馳走《ちそう》」

卓袱台に並んだ料理を見て、宮原が瞳《ひとみ》を輝かせる。

「お口に合えばいいんですが」

並んでいるのは味噌汁と焼き鮭、卵焼き、たくあんだ。ご馳走にはほど遠いが、宮原がお世辞で言っているわけではないのはわかっていた。

「いただきます」

手を合わせた宮原が、まず味噌汁に口をつける。こくりと喉《のど》を通っていくさまを、これまでになく緊張しつつ見守った。

なまじ料理をしているなどと言ってハードルを上げてしまったので、まずかったらどうしようと心配になったのだ。

「おいしい！」

宮原の一言に、和孝は心底ほっとする。

「ほんとですか」

「うん。すごくおいしいよ。柚木くん、すごい」

手放しの賛辞に、照れくさくなった。冴島に褒められても、本当かよと疑心しか湧《わ》かなかったが、相手が宮原だと素直に喜べた。

料理を作る理由は健康面を気遣うというのもあるが、もうひとつはこれかもしれないと思う。誰かがおいしいと言ってくれるのは単純に嬉《うれ》しかった。

「卵焼きもよくできてるよ。甘くておいしい」

「……ありがとうございます」

宮原がいることで会話が弾み、いつになく活気のある食卓になり、食も進んだ。空になった自分のご飯茶碗《はんぢゃわん》を見て、おかわりをしようかと迷ったほどだ。この後眠るので、食べすぎるのはまずいと思い、やめておいたが。

「うちにやってきた当初は、鳥ほどしか食わなかったな」

すぐさま冴島の指摘が入る。冴島は、おかわりしようか迷った和孝に気づいたようだ。

「いくらなんでも鳥はないですから」

否定したものの、朝食に関しては強くは言えなかった。もともとコーヒーのみで眠っていたので、冴島のところに来た当初は確かにまったく食欲が湧かなかった。朝から食えるかとすら思い、うんざりしていた。

「ただでさえ弱っちょろい坊主なのに、コーヒー飲んですぐ寝るなんて馬鹿な真似《ばかまね》をするから、悪循環になる」

「弱っちょろい」とか「馬鹿な真似」とか酷《ひど》い言われようも、今回は甘んじて受ける。以前の和孝の生活が、とても誉められたものではないというのは自覚があった。

朝夕の精神安定剤も効いているのだろう、悪夢も見ないし、いまは冴島の管理下で体調のよさを実感している。共同生活を送るに当たって、無闇《むやみ》な喫煙をしないよう自制していることも大きい。

宮原が、ごちそうさまと手を合わせる。

「久しぶりにこんなにおいしい朝食をいただきました」

大袈裟なと思ったが、冴島の忠告に従い素直に受け取る。なにより、信頼している宮原の言葉だ。

「羨ましい。僕も柚木くんと一緒にここに住みたいなあ」

これも冗談ではなく本気だろう。すっかりリラックスした様子で、心底羨ましそうなまなざしを投げかけられた和孝は、作り笑いを返した。

「そんな――いいものでもないですよ。こき使われているし、いびられるし」

感謝とこれは別物だ。最初より減ったとはいえ相変わらず冴島は口うるさいし、他人との同居を窮屈に感じているのも事実だった。

「でも、柚木くん、最近本当に顔色いいよ」

「……まあ、そうですけど」

宮原の手が頬に触れてくる。

「ほら、肌もすべすべ」

撫《な》でられて、苦笑いした。女性ではないので肌なんてと言いたいところだが、接客業にとってはそれも大事な部分だ。和孝をスカウトしたのも最初は見た目だったと、宮原も言ったことがある。

「さて、茶にするか」

冴島が腰を上げる。普段は茶を淹《い》れるのは和孝の仕事だが、客が来たときのみ冴島自身が淹れる。普段使いのものよりも高級な茶だからだ。

湯呑《ゆの》みの用意でもするかと和孝が畳から腰を浮かせたとき、室内に『魔王』のメロディが響き渡った。

久しぶりに聞いた着メロに、一瞬、動きを止める。

「柚木くん。久遠さんから電話だよ」

「え、あ……」

『魔王』が久遠専用着メロだと、宮原は知っているらしい。さらりと促され、ぎくしゃくと頷いた和孝は、妙に緊張しつつ上着に手を伸ばすとポケットから取り出した携帯電話を耳に当てた。

『修業の調子はどうだ？』

隣室に移動しながら面白がっているその声を聞き、柄にもなく胸が熱くなる。どれだけ自分が久遠からの電話を待っていたか、それだけでもわかる。

「修業じゃない」

訂正しながら、この感覚のもとに気づいていた。ようするに、和孝自身が久遠を恋しいと思っているせいだ。

『嫁いびりだったか』

「それも単なる喩《たと》えだから」

会いたかった。会えないなら、せめて声だけでも聞きたいと思っていた。

『おまえは、これから眠るのか？』

「そうだけど、その前に掃除が待ってる。先生の問診もあるし」

『忙しいな』

久遠に言われてもと思いつつ、これには、そうだよと答えた。

「俺くらい規則正しい生活を送っている人間はそういないね。仕事から帰ったら朝ご飯も作らなきゃいけないし、ひとりのときよりずっと忙しいから」

なにをいちいち説明しているんだと呆れつつ、早口で話す。どうやら浮き立っているらしいと承知で、なおも言葉を重ねていった。

「そういえば、いま宮原さんが来てくれてるんだけど、ここに住みたいって。できるなら俺も代わってあげたいくらいだよ」

こんな話を久遠にしてもしようがない。久遠にどんな返答を求めてこんな話をするのか、和孝自身、まったくわからなかった。

襖一枚隔《へだ》てた隣室からは、宮原と冴島が談笑する声が聞こえてくる。

「この前、冴島先生に、次から次に訪問客があるって言われたんだけど、確かにそのとおりだよな。久遠さんのあとに谷崎さんが来て、今日は宮原さん。こうなったら、知り合い全部招待するべき？」

いつになくべらべらと滑らかに動く自分の舌に戸惑い、ぴたりと口を閉じた。原因は明らかだった。電話を引き延ばそうとしているのだ。いったん携帯電話を耳から離すと、深呼吸をしてからまた戻した。

「俺のことはさておき、そっちはどう？　少しは落ち着きそう？」

俺が落ち着け、と自身に言い聞かせる。久々の電話を和孝の無駄話で終えるわけにはいかなかった。

『そうだな。久しぶりにマンションへ戻れる』

「なら、ちょっとは休めるんだ?」

自宅のベッドで少しは眠れそうなのか。そういう意味で問う。いくら久遠がタフであっても、跡目騒動の渦中となれば気の休まる隙《すき》などないはずだ。

『来るか?』

だが、久遠の返答は思いがけないものだった。

休んでほしいと思っているのは本当なのに、その一言でぐらりと気持ちが揺れる。

「あー……でも、時間できたならゆっくり休んだほうがいいって」

ちらりと襖に目をやる。宮原と冴島は意気投合したのか、時折笑い声が聞こえてくる。これほど朗《ほが》らかな冴島はめずらしかった。

「それに、こっちも宮原さんが来てくれてるし」

少しだけと断って出かけるのは可能だ。返答とは逆の考えが頭に浮かぶ。久遠からの電話だと知っているふたりは、おそらく承知してくれるはずだ、と。

直接会って顔を見たら和孝も安心できるし、短い時間なら久遠の邪魔をすることもない。言い訳ばかりを思いつく。

そもそも言い訳を考えている時点で気持ちがどちらに傾いているのか明白だった。口でなんと言ったところで、自分がどうしたいのか、答えは決まっていた。

『来いよ』

これが駄目押しになる。気持ちの振り子は完全に久遠側に傾いた。

「――約束はできないけど」

最後にそう答えて電話を終えると、和孝は襖を開けて居間に戻る。冴島と宮原は、茶を飲みながら冴島の昔話で盛り上がっている最中だった。

「すみません。あの――いまから出かけてきます」

卓袱台にはつかず、立ったままで告げる。いつまでと明言を避けたのは、いつ戻ってこられるか自信がなかったというのもあるが、なにより気まずさゆえだった。せっかく宮原が来てくれたときに、電話一本で出かけようというのだ。できるだけ早く戻ってこようと思ってはいても、すべて言い訳がましく聞こえる。

「ほんとに、すみません」

ばつの悪さからもう一度謝罪した和孝に、宮原がにこりと笑顔になった。

「大丈夫だよ。じつはいま、冴島先生に承諾をもらったところだから」

「承諾？」

「そう。今日一日、柚木くんの代わりに僕を泊めてくださいって」

「……泊まる、んですか」

意外な一言に宮原に問い返す。

「そう。泊まるの。ねえ、先生」

宮原が笑顔で同意を求めると、茶をすすりながら、冴島が無言で頷いた。

「下着買ってこなきゃ。あと、歯ブラシもいるね。冴島先生、この近くにスーパーありますか？　あ、そうだ。パジャマも用意しなきゃ」

愉しげに指を折り始めた宮原に、冴島も乗った。

「歯ブラシは買い置きがある。寝間着《ねまき》は儂《わし》の浴衣《ゆかた》を貸そう」

上機嫌でそう言う。

電話をしている間に冴島と宮原の間ですっかり話が纏《まと》まったらしい。久遠に誘われるのを見透かしていたかのような状況に——いや、きっとそうに決まっている——顔が赤らんだ。

柚木くんの代わりに——宮原はそう言ったのだ。

「……それじゃあ、いってきます」

上着とキーを手にすると、ふたりと目を合わせられないまま頭を下げ、すぐさま居間を出ようとした。

「忘れ物だ」

呼び止められて振り返った和孝に、冴島が、畳に置いた盆の上に用意していた処方薬の袋を指差した。

久遠の自宅からＢＭへ直行することもお見通しというわけだ。

「——どうも」

和孝は引き返して袋を拾い上げ、足早にその場から逃げ出した。

家から駐車場に向かう間も早歩きになる。車に乗り、発進してからようやく息を吐き出した。

「……なんだ、もう」

気分は、外泊許可を申し出る中学生だ。実際は、親の許可を必要とした経験は一度もなかったが、それ以外に喩えようがない。

ハンドルを握り、久遠のマンションを目指す。

久遠は存外忙しい身だ。仕事や義理事で数日家を空けるときもままある。互いにまめな性分ではないため、そういうときは電話すらせずいつの間にか一週間たっていたということも多いのだが、いまは状況がちがった。近くにいていつでも会える環境で、あえて会わずにいたのは初めてだった。

だから久しぶりな気がするのか、と和孝は自己分析する。

和孝が到着したとき、久遠は事務所から戻ったばかりだった。

靴を脱ぎながらつい口癖で「お邪魔します」と言いながら、ワイシャツ姿の久遠を盗み見する。

「やけに行儀がよくなったじゃないか」

片眉《かたまゆ》を上げて揶揄《やゆ》されても、反感からではない胸の高鳴りを感じていた。

久遠はそこにいるだけで存在感のある男だ。けれど、和孝の場合はそれとはちがう。やっと会えたという感傷や恋心が、五感のすべてを久遠に向かわせるのだ。

かつては同性としての嫉妬《しっと》も羨望《せんぼう》もあった。いや、いまでも残っているはずだ。ようするに、恋しいという気持ちがその他の感情を凌駕《りょうが》してしまっているのだろう。

それを、すでに不快だとは思わない。恋なんてそんなもんだと開き直っている。少なくとも自分はそうだ。器用な質《たち》ではないので、感情を使い分けるなんて無理だった。

このまま際限なく見つめてしまいそうで、和孝は努力して久遠の背中から目を離した。

「当然だろ。逆らうと、どんな目に遭わされるかわかったもんじゃないし」

間が空いてしまったが、久遠の言葉にそう返す。

言葉遣いはもとより、所作や仕種には人一倍心を配っているつもりであっても、それは仕事の際に限られる。普段の和孝は、その反動もあってけっして行儀がいいとは言えない。

冴島に鍛えられて、短い間に多少「行儀がよくなった」ようだ。

「まあ、それなりにうまくやれてるんじゃないかな。というより、打たれ強くなったって感じ?」

リビングに足を踏み入れる。窓の外、真上から降り注ぐ陽光に輝く坪庭を眺めながら、そういえばと水を向けた。

「俺——宮原さんを、置いてきちゃったよ」

あんたのせいで、というニュアンスを含ませる。実際は、自分のせいだとわかっていた。久遠に誘われて断り切れなかったのは和孝自身だ。

約束はできないと言ったものの、久遠にしても和孝が来ると確信していたにちがいない。

「あのふたりは、存外気が合いそうだ」

「意気投合してたよ。宮原さん、聞き上手だからさ。先生の口がいつも以上に滑らかになってたし」

一見飄々《ひょうひょう》として見えて、じつは根っこがしっかりしているという部分でふたりは似ている。相手をよく観察している点も同じだ。

冴島宅では遠慮していた煙草《たばこ》になんの気兼ねもなく火をつけた和孝は、久遠へ視線を流した。

「ところでさ、俺を駐車場で待ち伏せしていた奴が誰だったか、わかった?」

ネクタイを解《ほど》く傍《かたわ》ら、久遠が顎《あご》を引く。

「うちの系列らしいが、末端の組のチンピラだ」

意外な返答に、首を傾げる。てっきり三島の関係者だと思っていたが、三島なら末端の組員を使う理由がない。

「目的がわかったら教えてやる」

和孝の疑問を察した久遠がそう付け加えたので、納得してソファにどさりと腰を下ろした。

「あ、沢木《さわき》くんに礼を伝えてくれた？」

今回の件ばかりではなく、沢木には世話になりっぱなしだ。いくら沢木から望んでと聞かされても、年下に迷惑をかけていては格好悪い。それだけ沢木には醜態をさらしていることにもなるのだ。

ネクタイをソファに放った久遠が、ふと片笑みを見せた。なにがおかしいのかといぶかしんだ和孝だったが、

「トラブル体質だから、目が離せないと言っていた」

聞き捨てならない言葉を耳にして眉をひそめた。

「俺がトラブル体質？」

冗談ではない。和孝がトラブル体質だとすれば、そのほとんどは久遠が要因だ。現実に、久遠と再会するまでトラブルらしいトラブルに巻き込まれたことはなかった。

「なにを仕出かすか、先が読めないらしい」

「……んだよ、それ」

やくざに「なにを仕出かすか」などと言われてしまう自分は——いったいなんなのかと脱力する。暴れ馬と過去に久遠に言われたが、沢木にまでとなれば、ひとのせいばかりにはできないようだ。

「貰《もら》い物《もの》の饅頭《まんじゅう》があるが、食《く》うか？」

和孝の心情を知ってか知らずか、久遠がダイニングテーブルの上にある箱を示す。中元や歳暮《せいぼ》の時期以外であっても事務所にはしょっちゅう宅配便が来ると聞いているが、久遠の自宅宛《じたくあて》というのはめずらしい。

「母親からだと水元《みずもと》が持ってきた」

「へえ、まるで会社みたいだな。世話になっている上司への心付けってヤツ？」

水元というのは、沢木の代役で久遠のハンドルを握っている組員だと聞いている。沢木が怪我《けが》で入院したとき。そして、いま現在もそうだ。

ソファから腰を上げてダイニングテーブルに歩み寄った和孝は、包装紙を解き箱の蓋《ふた》を開けた。中身はいかにも高そうな饅頭だった。

「せっかくだから、久遠さんも食べれば？　お茶っ葉はある？　あれば俺、淹れるけど」

足をキッチンに向けながら問えば、

「キャビネットの中だ」

銜《くわ》え煙草《たばこ》の隙間《すきま》から久遠が答える。新品の茶を開封し、早速キッチンに立った和孝は茶の用意をして、ダイニングテーブルへと運んだ。

茶を一口含んだ久遠が、口角を上げた。

「鍛えられただけの成果が出ているな」

それはそうだ。日々努力しているのだから、進歩がなければやっていられない。

「これ食ったら、シャワー借りるよ。いつもは掃除のあとに風呂《ふろ》を使うから、今日はまだなんだ――ああ、うまいな、これ」

粒餡《つぶあん》で、甘みもちょうどいい。朝食後にもかかわらずぺろりとひとつ平らげ、熱い茶で喉を潤した。

「ていうか、それはこっちの台詞《せりふ》。俺だって同じだよ」

さっきの反論のつもりだったが、久遠には唐突に聞こえたらしい。湯呑みを置き、なんのことだと視線で問うてくる。

「だから、先が読めないってヤツ。俺も同じだって言ってるんだ。先がまったく読めなくて、あんたに振り回されてるだろ？」

いちいち過去を思い返す必要もないほど、久遠に翻弄《ほんろう》されている。次から次に変事が襲いかかってきて、息つく間もない。

たとえ他人の助けなど無用とわかっていても、大事なひとを案じる気持ちは誰にでもあるはずだ。和孝は、久遠の傍《そば》にいるときもいないときも、常に久遠のことを考え続けている。

「久遠さんにはわからないかもしれないけど」

それでも傍にいたいのだからしようがない。と、最早《もはや》あきらめの境地で煙とため息を吐き出した和孝に、「そうだな」と久遠が答えた。

「いまのはどういう意味だよ。わかってるってこと？　それともわからないってこと？」

「苦労をかけているという意味だ」

久遠の返答に、ほんとかよと心中で返す。が、和孝に対して意外にも心配性な部分を発揮した過去もあるので、まったくの方便でもないかと思い直した。やくざに心配される自分もたいがいなものだと思うが。

湯呑みを空にすると、和孝は久遠の家に常備している自分の着替えを手にしてバスルームへ移動した。

もっぱらベッドルームに設《しつら》えてあるシャワーブースを使っていたが、広々としたバスタブに入ってみればその快適さは癖になった。

しかも壁には備えつけのテレビとＤＶＤデッキがある。久遠は利用していないというが、和孝は何度かバスルームでニュースや短いドキュメンタリー番組を観た。

衣服を脱ぎ、ガラス扉を開けてバスルームへ入る。シャワーで頭と身体《からだ》を洗ってから、キッチンの操作パネルであらかじめ湯を張っておいたバスタブに身を投げ出した。

心地よさに思わず吐息がこぼれる。黒御影石《くろみかげいし》のタイルを眺めているうち、とろんと瞼が落ちてきた。

本来ならば、いま頃布団《ふとん》で寝ている頃だ。そう思いつつ、うとうとする。と、いきなり腕を引っ張られた。

はっとして瞼を上げると、目の前には久遠がいた。

「——なに」

和孝の問いかけに、久遠は苦い顔をする。

「おまえ、眠っていたぞ」

シャツが濡《ぬ》れるのも構わず和孝をバスタブから引き上げると、荷物よろしく抱え上げ、その足で寝室へと運んでいった。

ベッドに下ろされた和孝は、ごめんと謝罪した。

「いつもは掃除が終わって寝てる時間だから——薬が効いているせいか、最近寝つきがいいんだ」

久遠に説明しながら、それでかと気づいたことがあった。

和孝が風呂に入っている最中に、必ず冴島は洗濯機のスイッチを押しにやってくる。あれは、和孝が眠りこけていないか確かめるためなのだろう。

「シャワーブースを使え。溺《おぼ》れたらどうする」

「……ごめん」

もう一度謝った和孝は、自分のせいで濡れてしまった久遠のシャツを握ったまま放さずにいた。

「今度から気をつける」

そう言いつつ、シャツを引き寄せる。自分の身にずしりと久遠の重みを感じてようやく安堵《あんど》できたような、そんな気がしていた。

久遠が、和孝の肩口でふっと笑う。

「掃除の代わりに、俺が運動させてやろうか」

疑問形で聞いたくせに、久遠の手はすでに身体の上を這《は》い回《まわ》っている。煙草と整髪料の混じった久遠の匂いと、力強い手のひらを感じながら、和孝は両手をワイシャツの背中に回した。

「やろうか、って、どうせやるんじゃないのかよ」

睡魔は去っている。ふわふわと浮《うわ》ついたような感覚だけが残っていて、ひどく気持ちよかった。

「おまえは？」

久遠が和孝の唇の上で聞いてくる。

「なにが?」

心地よさに身を委《ゆだ》ねた状態では頭もうまく回らない。もっともいま考えることなどなにもなかった。

「このまま眠るか? それとも俺と運動したいか?」

和孝に選択させているわけではないだろう。二択ですらない。なぜなら久遠は、和孝の返事を知って問うているのだから。

「——したいに決まってるだろ」

和孝の答えに満足したようで、久遠は舌で和孝の唇を濡らしてから、そのまま口中へと滑らせてきた。

「……ん」

上顎をすくわれ、背筋がぞくりと痺《しび》れる。

久遠のキスはいつも煙草の味だ。それ以外をすでに思い出せないほど何度も久遠と口づけを交わしてきたというのに、和孝はいとも簡単に欲情してしまう。

和孝から口づけを深くしながら、久遠のワイシャツの釦《ボタン》を外していく。もどかしく思えるのは、気持ちが急《せ》いている証拠だろう。

半月足らずであっても自ら禁欲生活を強いてきたことが、思いのほか和孝を飢えさせていた。

「あ……」

胸を撫でられて、声がこぼれた。尖《とが》りを指先で弾《はじ》かれ、こね回されて、快感がこみ上げる。この後、舐《な》められたときの感覚を思えば期待のために喉が鳴った。

いつの頃からか、喘《あえ》ぎ声《ごえ》を我慢しなくなった。

結局声を上げるはめになるので我慢しても無駄と悟ったからだし、快感をふたりで共有しているという意識が強くなったからでもあった。

開き直ったというのもあるかもしれない。どんな言い訳を連ねようともどうせ自分は久遠としたいのだ、と。

「俺さ……自分では、淡泊なほうだって思っていたんだけど」

荒くなった呼吸の中で、切れ切れに口にする。が、なにを言うつもりだろうと自分に呆《あき》れ、途中でやめた。

「思っていたんだけど――なんだ？」

首筋で問《と》い質《ただ》されても、和孝はかぶりを振った。

「やっぱり、いい。あんたを喜ばせるだけのような気がするし」

先を促し、久遠の髪に手を差し入れた。

久遠は和孝の肌から顔を上げると、淫猥《いんわい》な表情で上唇を捲《めく》り上《あ》げた。

「俺を喜ばせてくれ」

「………」

視覚と聴覚を刺激されて、ずくんと中心が熱く疼《うず》く。和孝は、言葉で返す代わりに久遠の胸を押し返した。

ベッドから上半身を浮かせると、立て膝で座った久遠のスラックスに手を伸ばす。前をくつろげて下着をあらわにして、そこに顔を埋《うず》めた。

「……ふ」

頭をもたげ始めていた久遠の中心が、布越しの愛撫《あいぶ》に質量を増す。先を促すかのように久遠の指先で頭皮を愛撫され、和孝は下着から久遠自身を摑《つか》みだすと、先端に口づけた。

そのまま舌を這わせていき、根元を甘嚙《あまが》みする。わずかに上がった久遠の呼吸音を耳にしながら、ふたたび先端まで舐め上げていくと、口中に迎え入れた。

唾液《だえき》を絡ませ、唇を上下させる。含みきれない部分を手で扱《しご》く一方で、久遠の感じる場所には丹念に舌を使った。

上目で久遠を見ると、いつもは無表情にも思える端整な顔は快感のためにしかめられている。その姿を前にして、和孝自身も性感を煽《あお》られていった。

「うん……あっ」

夢中になって久遠に奉仕していた和孝だが、尻にとろりとした液体を感じ、反射的に背をしならせる。

邪魔されたような気がして久遠を睨《にら》んだが、すぐにそれどころではなくなった。久遠の手で液体を広げられ、狭間《はざま》に塗りつけられ、肌が粟立《あわだ》つ。

「あ……うぅ、ふ」

和孝の身体を隅々まで知り尽くした久遠に掛かれば、ひとたまりもない。ローションに濡れた手で胸をまさぐられ、入り口を弄《いじ》られ、堪らずシーツを両手で掻き寄せた。

「あ、あ……久遠さ……」

久遠は和孝の入り口を割ると、そのまま長い指を挿入してきた。

中でぐるりと回転した指は、内壁を擦《こす》ってくる。抽挿《ちゅうそう》されるとそこからえも言われぬ愉悦が湧き上がり、和孝は自ら腰を揺らめかせた。

「口が休んでいるぞ」

久遠に指摘され、口淫《こういん》を再開しようとしてみるものの難しい。なんとか舌を這わせてみても、愛撫しているのかすがりついているのか、じきにわからなくなってくる。

「も、できな……い……あぅぅ」

指先で乳首を転がされながら、内側の性感帯を探られ、本能的にシーツに自身を擦りつけた。頭の中は、達することでいっぱいになる。

身をくねらせて快感を貪《むさぼ》ろうとした和孝だったが、久遠に体勢を変えられ絶頂を阻《はば》まれた。

「や……」

ベッドに仰向《あおむ》けに転がされた和孝が咄嗟《とっさ》に久遠を責めると、久遠は、まるで肉食獣が味見でもするかのような仕種で、和孝の唇を舌ですくってきた。

「いくのは俺が挿《はい》ってからにしろ」

無情な台詞を吐き、道を作るにしてはやけに執拗《しつよう》に体内を弄《まさぐ》りだす。胸に嚙みつかれ、乳首を口に含まれ、和孝は淫《みだ》らな声で喘ぐ。

全身に汗が浮き、身体じゅう燃えるように熱くなった。

「や、あ……も、や」

性器から滲《にじ》んできた雫《しずく》が砲身を伝わり、和孝自身の下腹部を濡らす。我慢も限界で、これ以上は無理だと首を左右に振った。

「前も後ろも、びっしょりだな」

興奮のために微《かす》かに上擦《うわず》った声でそう言って、久遠が和孝の脚を抱え上げる。あられもない格好を和孝に強いると、自身を入り口に押し当てた。

「……う、ん」

熱い砲身で擦られて、入り口が中へと誘いこもうとする。和孝は腰を浮かせ、受け入れやすい姿勢を取った。

「くそ……も、は、やくしろって」

潤んだ瞳で久遠を促す。最近気づいたことだが、久遠は自分が飢えているときに限って和孝を焦《じ》らす。

これ以上待たされると気がおかしくなりそうで、和孝は久遠の腰に両手をやると引き寄せた。

「あんたが……欲しいって言ってるんだよ」

素直な気持ちというよりは半ば自棄《やけ》になって懇願すると、久遠の双眸《そうぼう》が欲望を映して底光りした。かと思えば、和孝の脚をいっそう開かせ、身を進めてきた。

「あ――」

圧倒的な存在感に、和孝は呻《うめ》く。挿入時の苦痛もすでに快楽と認識している和孝にとってそれは十分な刺激となり、久遠が奥まで到達しないうちに最初のクライマックスを迎えていた。

勢いよく吐き出した和孝に、久遠が激しく口づけてくる。そして、久遠のものをきつく締めつけている内部を抉《えぐ》り、深い場所まで挿ってきて強引に揺さぶり始めた。

「や……あぅ、待っ……」

萎《な》える間もなく、内側から無理やり勃起《ぼっき》させられる。久遠が揺するたびに、あふれる蜜《みつ》が腹に散る。

「あ、久……遠さ……うぅ」

和孝の腰を抱え上げてベッドから浮かせると、久遠は上から激しく突き入れてくる。ぽろぽろと涙をこぼす和孝は、過剰な愉悦についていけずにされるがままになった。

「ひ……あぁぁ」

いまになって性器を扱かれ、声を上げて乱れた。

久遠が喉の奥で呻く。直後、体内の奥深くが焼けた。膜一枚隔てていても久遠の熱は十分すぎるほどで、引き摺られて和孝もまたとろりと漏らす。

「あ、う……っく」

きつく締めつけた和孝から、久遠は強引に身を退く。ベッドに四肢を投げ出した和孝の身体を抱き寄せると、優しい口づけで宥《なだ》めてきた。

「――和孝」

名前を呼びながらふたたび脚を割ってくる久遠に、反射的に身を硬くしたが、和孝の抵抗などその程度だ。

コンドームを外して挿ってきた久遠に、ああ、と濡れた声を上げた。

肌を密着させてきつく抱かれたまま、静かに揺さぶられる。身体の芯《しん》から蕩《とろ》けていく感覚に和孝は溺れていく。

見つめ合い、キスをして、身も心も委ねると、久遠に対する愛《いと》おしさがこみ上げてくる。これほどまでに惚《ほ》れた男はいない。すべてを捧《ささ》げていると言ってもいい。

「あ……気持ち……い」

激しさに翻弄された後の優しく慈《いつく》しむような行為に、うっとりと呟《つぶや》いた。

「そうだな」

同意する久遠の少し掠《かす》れた声も、性感に繋《つな》がる。和孝にとって久遠とのセックスは、互いの身体で快感を得るという以上に深い意味があった。

なにより、言葉では表しがたいほどの恋心を伝えるには一番手っ取り早い。

「あぁ……」

二度目のクライマックスは、最初のそれとはまるでちがった。けれど、一度目に勝るとも劣らない絶頂に、和孝は新たな涙をこぼした。

声には出さずに名前を呼び、瞼を閉じる。久遠の重みを感じながら、まるで水面を漂っているかのような心地よさを味わっているうちに、睡魔が訪れた。

「眠いのか？」

髪に口づけられ、頷く。もう目を開けることすらできない。

「このまま、寝ていい？」

自分の声も、ああと答えた久遠の声もぼんやりと耳に届いた。

愛しい男の体温と匂いに包まれ、和孝は眠りに落ちていった。

自分を呼ぶ声で目を覚ます。再会した当初は久遠のベッドで眠るなど考えられなかったのに、慣れというのは恐ろしい。

「時間だぞ」

髪を撫でられ、和孝はむくりと身体を起こした。

寝《ね》ぼけ眼《まなこ》で見上げれば、数時間前をまだ引《ひ》き摺《ず》っている和孝とはちがい、久遠はすでにワイシャツを身につけネクタイまで締めていた。

床に足を下ろし、欠伸《あくび》を嚙み殺しながらシャワーブースへ向かう。数歩進んだところで、久遠に腕を摑まれ、引き寄せられた。

「裸でうろつくのは、仕事に行きたくないという意味か？」

背後から抱かれ、和孝は肩をすくめた。

なんのかの言っても久遠は、和孝の仕事を優先する。引き止める気があるなら、眠っている和孝を起こしはしなかったはずだ。

「そっくりそのまま返すから。結局、余計に体力使ってるし」

半分は自分のせいだが、久遠に休んでほしいという気持ちは本当だった。跡目が決まるまでは大変な日が続くだろう。それを思えば、和孝のほうがまいってしまいそうだ。

「それどころか話すらほとんどしてない」

弱音や愚痴を吐く男ではないとわかっているが、たまには話し相手になりたい、というのもまた本音だ。

逆立ちしても姐《あね》さんにはなれないので、せめてという気持ちが強い。

「そういや俺、上総《かずさ》さんに女だったらよかったたって言われたんだよな」

あれは、けっして冗談ではなかったはずだ。軽く受け流した和孝にしても、深刻とまではいかないものの、ちくりと胸が痛んだ。

「女だったら俺ももうちょっと役に立ったかも」

深い意味を込めたつもりはない。部外者である自分がもどかしいと、それだけ伝えたくて告げた言葉だった。

けれど、口にしたあとで気持ちの悪い愚痴だったと気づき、和孝は鼻に皺《しわ》を寄せた。

「いまのなし」

即座にそう訂正する。それに対して久遠の返答は、

「しばらくの辛抱だ」

たった一言のみだった。

なにを意図して久遠がそう口にしたのか、受け取り方はいくつかある。単に忙しい時期が終わるという意味なのか、それとも、自分が四代目になればという意味も含まれているのか。もしくは、四代目になぞなるつもりはないと暗に言っているのか。

「——わかった」

そのどれであっても和孝にしてみればあまりちがいはないので、短い返答ですませた。

「あのさ、この前三島さんが言ってた話だけど」

話題を変えるために、別件を持ち出す。こちらも和孝には重要だった。

「縁談を断ったってあれ、大丈夫なわけ？」

この件に関して、久遠は口を噤《つぐ》んだままだ。三島から聞かされなかったら、断ったという事実すら和孝は知らずにいた。そもそも久遠は縁談の事実すら黙っていたのだから結果報告もなにもないが、毎回第三者から聞かされるというのも複雑な心境になる。

今回の跡目騒動もそうだ。久遠が黙っているときは和孝に影響が及ばないとき。そう考えるべきなのだろうとわかっていても、一言くらい話してほしかった。

あれか、と久遠は和孝の肩口で答えた。

「話にもならない。高校生だぞ」

確かに、三島にもそう言っていた。相手が木島《きじま》の娘だと教えてくれたのは、谷崎だ。

「あー、確かに未来ある女子高生を裏道に引き摺り込んだら可哀相《かわいそう》だ」

暗に、高校生じゃなければいいのかと責め、久遠の腕から逃れる。そのままシャワーブースに入ると、交情の名残《なごり》と疲労を洗い落としていった。

バスタオルを腰に巻いてシャワーブースから出ると、久遠はベッドに腰かけて煙草を吹かしていた。

久遠の手から吸いさしを奪った和孝は、ふと思い当たって久遠を指差した。

「そういや、俺も高校生だったよな」

出会ったとき、和孝は十七歳だった。しかも、久遠はけっして口を割らないだろうが、当時別に女がいたのだ。

家出少年だった和孝に手を出してきた久遠に「話にもならない」なんて常識人ぶった台詞を吐かれても、説得力は皆無だ。

「そうだったか？」

久遠がしれっとして言う。

「なんだよ、その適当な返事。男なら高校生でもいいって？」

この件で久遠を責めるつもりは毛頭なかった。和孝にしても、抗《あらが》うどころか、拒絶の言葉ひとつ口にしなかったのだから。

が、過去の経緯を思い出しているうち、いろいろなことがよみがえってくる。

和孝が聞かなかったせいもあるが、久遠はなにひとつ話してくれなかった。女がいることや、やくざであること。和孝が逃げたときも、捜さずあっさり手放した。

「なんか、ムカついてきた」

仁王《におう》立《だ》ちして睨みつける。

「いいとは言っていないだろう」

久遠がベッドから腰を上げた。

「特に年齢を気にしてなかっただけだ」

銜え煙草でチェストの抽斗《ひきだし》からタオルを取り出すと、和孝の前に立つ。なおも不満をぶつけようとした和孝だが、ふわりと頭にタオルをかけられて口を噤んだ。

濡れた髪を久遠に拭《ふ》かれ、されるがままになる。たったいままでむっとしていたはずなのに、あっという間にそれも消えていた。

「……ほんとかよ」

問い質す声にはすでに勢いはなく、たかだかこれだけで機嫌を直すなど、なんてお手軽なのかと自分の現金さに呆れる。

こんな調子だから振り回されるはめになるのだ。

「信じろ」

久遠の手が髪から離れた。タオルを手に寝室を出ていく背中に半信半疑の視線を投げかけると、後ろに目でもあるのかそれを感じ取ったらしい。

「下心ってヤツだ」

久遠は振り向かずにそう言って、出ていった。

「なんだよ……下心って」

ひとり残された和孝は、ドアを見つめながら、くすぐったい気持ちで生乾きの前髪を指で抓《つま》む。まんまと言《い》い包《くる》められた気はするものの、それすらどうでもいいと思ってしまう自分に苦笑した。

「ちょろいな、俺」

まあ、いい。久遠の言うことなど鵜呑《うの》みにできないと思ってきたが、これに関しては信じよう。下心が久遠の目を曇らせたというなら気分がよかった。

世間知らずの鼻持ちならない子どもだったとあの頃の自分を卑下してきたが、ひとつだけ取り柄があったようだ。

和孝は衣服を身に着けながら、よくやったと、初めて十七歳の自分に拍手を送った。

あとがき

こんにちは。高岡《たかおか》です。さすがに八巻から手に取られる方はいらっしゃらないと思うので、いつもありがとうございます。そして、お待たせして申し訳ありません。

七巻、『蜜《みつ》』は久遠《くどう》縁談編だったのですが、今回は和孝《かずたか》と家族のあれこれと、久遠のお家騒動序章となっています。

序章なので、お家騒動のほうは次巻から話が進んでいく予定です。

拙作をいくつか読んでくださった方は薄々勘付いていらっしゃるかもしれません……私、あとがきが大の苦手です。毎回苦しまぎれにつらつらと行を埋めているのですが、いまも、なにを書いていいやらと困っていますよ。

そういえば、他社さんからですが、これまで九巻というのが私のシリーズ最多巻数でした。次巻で「ＶＩＰ」が追いつく予定です。不測の事態がない限り、追いつきます。

感慨深くなってちょっと調べてみましたら、無題が二〇〇五年発行なので、かれこれ七年たっている計算ですよ。追いつくはずです。

当時もあんまり若くはありませんでしたけど、いまより元気だったなあ。と、そんなことも思ってみたり――。

さて、イラストはもちろん佐々《さっさ》先生です！　カバーイラストのラフを複数いただいた際には、選べなくてどれほど迷ったかしれません。最終的に担当さんが、他のは今後にとっておいてもらいましょうと言ってくれたので、今回のバージョンを選択した次第です。別バージョンの素敵イラストも近々皆様に見ていただけると信じています。

佐々先生、いつも素晴らしいイラストをありがとうございます！　今回も存分に楽しませていただいています。

担当さんもいつもお世話をおかけしてます。すみません。精進します！

最後に、毎回読んでくださっている読者様には、心から感謝を捧げます。ありがたくも「ＶＩＰ」は、ブログやメールで感想やリクエストを定期的に頂戴《ちょうだい》する、私的に非常に愛すべきシリーズです。

いよいよ終盤に差し掛かってきましたので、いましばらくおつき合いいただけると嬉しいです。

あとがき、二ページ、埋まりました。

では、またどこかでお会いできることを祈って。

高岡ミズミ

『VIP 情動』、いかがでしたか？
高岡ミズミ先生、イラストの佐々成美先生への、みなさまのお便りをお待ちしております。
高岡ミズミ先生のファンレターのあて先
〒112-8001　東京都文京区音羽2-12-21　講談社　文芸図書第三出版部「高岡ミズミ先生」係
佐々成美先生のファンレターのあて先
〒112-8001　東京都文京区音羽2-12-21　講談社　文芸図書第三出版部「佐々成美先生」係

N.D.C.913　202p　15cm

高岡ミズミ（たかおか・みずみ）
山口県出身。デビュー作は『可愛《かわい》いひと。』。
主な著書に「VIP」シリーズ、「芦屋《あしや》兄弟」シリーズ、「天使」シリーズなど。
サイトをこぢんまりと運営中です。
http://wild-f.com/

講談社X文庫

white heart

VIP《ブイアイピー》　情動《じょうどう》

高岡《たかおか》ミズミ

●

2012年5月2日　第1刷発行

定価はカバーに表示してあります。

発行者——鈴木　哲
発行所——株式会社　講談社
東京都文京区音羽2-12-21 〒112-8001
電話　編集部 03-5395-3507
販売部 03-5395-5817
業務部 03-5395-3615
本文印刷—豊国印刷株式会社
製本——株式会社千曲堂
カバー印刷—半七写真印刷工業株式会社
本文データ制作—講談社デジタル製作部
デザイン—山口　馨

©高岡ミズミ　2012　Printed in Japan
落丁本・乱丁本は購入書店名を明記のうえ、小社業務部あてにお送りください。送料小社負担にてお取り替えします。なお、この本についてのお問い合わせは文芸図書第三出版部あてにお願いいたします。
本書のコピー、スキャン、デジタル化等の無断複製は著作権法上での例外を除き禁じられています。本書を代行業者等の第三者に依頼してスキャンやデジタル化することはたとえ個人や家庭内の利用でも著作権法違反です。

ISBN978-4-06-286647-7

講談社X文庫ホワイトハート・大好評発売中！

VIP
高岡ミズミ
絵／佐々成美

あの日からおまえはずっと俺のものだった！　高級会員制クラブBLUE MOON。そこで働く柚木和孝には忘れられない男がいた。和孝を初めて抱いた久遠。その久遠と思いがけず再会を果たすことになるが!?

VIP　棘
高岡ミズミ
絵／佐々成美

俺は、誰かの身代わりになる気はない！　久遠の恋人になった和孝だが、相変わらず久遠がなにを考えているのかさっぱりわからない。そんなある日、久遠の昔の女が現れる。一方、BMには珍客が訪れ!?

VIP　蠱惑
高岡ミズミ
絵／佐々成美

新たな敵、現れる!!　高級会員制クラブBMのマネージャー柚木和孝の恋人は、指定暴力団不動清和会の若頭・久遠彰允だ。ある日、柚木の周囲で不穏な出来事が頻発して!?

VIP　瑕
高岡ミズミ
絵／佐々成美

どこまで欲深くなるんだろう――!?　高級会員制クラブBMのマネージャー和孝が指定暴力団不動清和会の若頭・久遠と付き合うようになって半年が過ぎた。惹かれるほど和孝は不安に囚われていって!?

VIP　刻印
高岡ミズミ
絵／佐々成美

離れていると不安が募る……。高級会員制クラブBMのマネージャー和孝と指定暴力団不動清和会の若頭・久遠とは恋人同士だ。だが、寡黙な久遠の本心がわからず、いらついた和孝は……!?

講談社X文庫ホワイトハート・大好評発売中！

VIP 絆

高岡ミズミ
絵／佐々成美

久遠と和孝、ふたりの絆は……!? 高級会員制クラブBMのマネージャー和孝は、不動清和会の若頭・久遠の唯一の恋人だ。久遠に恨みを持つ男の下へ乗り込んだ和孝だったが、そこで待っていたものは!?

VIP 蜜

高岡ミズミ
絵／佐々成美

久遠が結婚!? そのとき和孝は……。高級会員制クラブBMのマネージャー和孝は、不動清和会の若頭・久遠の唯一の恋人だ。ある日、和孝の耳に久遠が結婚するという話が聞こえてきたのだが……!?

弁護士成瀬貴史の憂鬱

高岡ミズミ
絵／水名瀬雅良

5年前、どうして俺の前から消えた？ かつて地検の検事だった成瀬貴史は、現在、ヤクザなど闇関係の仕事を一手に引き受ける弁護士として活躍している。だがある日、元同僚の相澤喬司が現れて……。

弁護士成瀬貴史の苦悩

高岡ミズミ
絵／水名瀬雅良

男同士の恋だから、素直になれなくて!? 元特捜部検事で、現在は武藤組顧問弁護士を務める成瀬は、ヤメ検弁護士の相澤と同棲している。晴れて恋人になった二人だが、成瀬は相澤の存在に慣れなくて!?

薄情な男

高岡ミズミ
絵／木下けい子

「薄情者の棚橋詠――だろ」ある夜、高校教師の新山明宏の前に一人の男が現れた。それは十年前、自分の前から突然姿を消した幼馴染みで親友の棚橋詠だった……。なぜ今さら!?

未来のホワイトハートを創る原稿

大募集！

ホワイトハート新人賞

ホワイトハート新人賞は、プロデビューへの登竜門。既成の枠にとらわれない、あたらしい小説を求めています。ファンタジー、ミステリー、恋愛、SF、コメディなど、どんなジャンルでも大歓迎。あなたの才能を思うぞんぶん発揮してください！

賞金　出版した際の印税

締め切り（年２回）

□上期　毎年3月末日（当日消印有効）

発表　6月アップのBOOK倶楽部「ホワイトハート」サイト上で審査経過と最終候補作品の講評を発表します。

□下期　毎年9月末日（当日消印有効）

発表　12月アップのBOOK倶楽部「ホワイトハート」サイト上で審査経過と最終候補作品の講評を発表します。

応募先　〒112-8001
東京都文京区音羽 2-12-21
講談社 ホワイトハート

募集要項

■内容

ホワイトハートにふさわしい小説であれば、ジャンルは問いません。商業的に未発表作品であるものに限ります。

■資格

年齢・男女・プロ・アマは問いません。

■原稿枚数

ワープロ原稿の規定書式【1枚に40字×40行、縦書きで普通紙に印刷のこと】で85枚〜100枚程度。

■応募方法

次の3点を順に重ね、右上を必ずひも、クリップ等で綴じて送ってください。

1. タイトル、住所、氏名、ペンネーム、年齢、職業（在校名、筆歴など）、電話番号、電子メールアドレスを明記した用紙。
2. 1000字程度のあらすじ。
3. 応募原稿（必ず通しナンバーを入れてください）。

ご注意

○ 応募作品は返却いたしません。
○ 選考に関するお問い合わせには応じられません。
○ 受賞作品の出版権、映像化権、その他いっさいの権利は、小社が優先権を持ちます。
○ 応募された方の個人情報は、本賞以外の目的に使用することはありません。

背景は2008年度新人賞受賞作のカバーイラストです。
真名月由美／著　宮川由地／絵『電脳幽戯』
琉架／著　田村美咲／絵『白銀の民』
ぽぺち／著　Laruha（ラルハ）／絵　『カンダタ』

ホワイトハート最新刊

VIP 情動

高岡ミズミ　絵／佐々成美

極上の男たちの恋、再び！　高級会員制クラブのマネージャー柚木和孝は、冴島診療所の居候になり、花嫁修業のような毎日だ。一方、恋人である暴力団幹部の久遠には跡目争いの話が!?

恋桜

逢魔刻《おうまがとき》捜査《そうさ》—ゼロ課 FILE—

岡野麻里安　絵／高星麻子

捜査に恋に大波乱の新シリーズ、スタート！　明智遼は若きキャリア警部だが、科学では解決できない事件を扱う、通称・ゼロ課に左遷。美貌の私立探偵・仰木雪鷹に告白され——。

お菓子な島のピーターパン

～ My Special Cake ～

橘　もも　絵・原作／Quin Rose

秘められた恋は叶うのか!?　お菓子コンテストの審査員として、ネバーランドに連れてこられたウェンディと弟たち。ウェンディはマイケルの意外な一面を目にして、意識してしまうようになるのだが!?

秘め事少女

成田アン　絵／佐原ミズ

「ごめんね。ちゃんとした恋ができなくて」誰にも言えない秘め事を抱えて暮らす少女・沙耶と、人を惑わせる雰囲気と端整な容姿を持つ歩。寂しさと愛しさと憎しみの間で、ふたりの恋は生まれる！

ホワイトハート来月の予定（6月5日頃発売）

式霊の杜《もり》……………………………いちだかづき
優しい夜……………………………………高岡ミズミ
闇《やみ》夜《よ》に花嵐　美しすぎる男…………………遠野春日
首相官邸の不《ふ》埒《らち》な恋愛主導………………御木宏美

※予定の作家、書名は変更になる場合があります。

毎月1日更新　ホワイトハートのHP
PCなら▶▶▶　ホワイトハート　検索
携帯サイトは▶▶▶
http://XBK.JP